HANNI FUX

SAMUEL
einfach richtig

QUEER

Für Angela und Jobst

PROLOG

Jasper

1999

Niemals wieder würde ich einen Tag so verfluchen wie diesen.

Das wusste ich.

Heute Nacht würde meine beste Freundin mit ihrer Familie nach Amerika auswandern.

Traurig lehnte ich in den Kissen unseres gemeinsamen Baumhauses, legte mein eingepacktes Abschiedsgeschenk zur Seite und wühlte nach der offenen Tüte Gummibärchen, um sie nach Farben zu sortieren.

Natalie war immer da gewesen.

Sie wohnte mit ihren Eltern und Geschwistern im Haus neben meinen Großeltern. Die Meyers fand ich cool. Rosa, Natalies Mama, kam aus Deutschland, ihr Dad Andrew aus Amerika, und mit ihren Geschwistern Becky und Brian war immer was los.

Nicht wie bei mir – ich war Einzelkind.

Natalie war anders als viele Mädchen, die ich kannte. Mit ihr konnte ich stundenlang im Bach Dämme bauen. Wir buddelten zusammen im Matsch, um für meinen Opa die dicksten Regenwürmer fürs Angeln zu finden, oder fuhren mit unseren Rädern durch die Felder. Abends lagen wir dann träge und faul in unserem Baumhaus, hörten den Vögeln und dem Wind zu und manchmal, mit viel Glück, durften wir auch dort übernachten. Mit den Mädchen aus unserer Schulklasse würde ich das niemals machen.

Warum sollte ich?

Mit ihnen konnte ich nichts anfangen. Die meisten von ihnen tanzten mit ihren Kleidern über den Schulhof, steckten sich bunte Spangen ins Haar oder saßen in einer Ecke, um mir und meinen Freunden beim Fußballspielen zuzusehen.

Natalie tat das nie. Sie zog es immer zu uns Jungs.

Besaß sie überhaupt noch ein Kleid?, überlegte ich. Gesehen hatte ich sie damit schon lange nicht mehr. Sie trug Jeans und T-Shirts, immer – ebenso wie ich. Glitzerspangen brauchte sie auch keine, ihre blonden Haare waren oft kürzer als die meinen, wenn ich mich weigerte zum Frisör zu gehen.

Als ich mir Natalie mit einer Spange vorstellte, setzte ich mich grinsend auf. Sie würde schreiend davonlaufen.

Ich hörte schnelle Schritte unter mir und rutschte zur Tür, um sie im richtigen Moment aufzuhalten, damit Natalie zu mir hereinkriechen konnte. Strahlend setzte sie sich mir gegenüber. Ihre Haare standen ihr in alle Richtungen vom Kopf ab, ihr linkes Knie, welches aus ihrer kurzen Hose herauslugte, bedeckte wieder einmal ein großes Pflaster. Eigentlich sah sie aus wie immer, trotzdem hatte ich das Gefühl, dass heute etwas anders war. Ich konnte nur nicht sagen, was es war. Waren es ihre Augen, die noch grüner strahlten als sonst? Oder ihre ganze Haltung? Die Schultern zurück, den Kopf erhoben.

Mmh …

Es irritierte mich, denn wir würden uns gleich voneinander verabschieden müssen und ob wir uns je wiedersahen, wussten wir nicht.

Langsam beugte sie sich zu mir, klaute sich grinsend den kleinen Haufen weißer Gummibärchen, die ich ihr schon vorsortiert hatte, und gab mir ein kleines, quadratisches Päckchen. Die Süßigkeiten stopfte sie sich in den Mund.

»Hi«, nuschelte sie, während ich ihr meinen verpackten Bilderrahmen entgegenhielt.

»Mann, wo warst du denn so lange?«, fragte ich vorwurfsvoll und löste das knittrige Papier von meinem Geschenk. Die kleine, rote Plastikschachtel, die ich nun in meinen Händen hielt, erinnerte mich an eine

Schmuckkiste, wie meine Mutter unzählige in ihrer Schublade liegen hatte. Vorsichtig hob ich den Deckel an und linste hinein. Als ich erkannte, was es war, sah ich erstaunt auf. Mein Blick glitt über das vertraute Gesicht meiner Freundin bis hin zu ihrem Hals. Zum ersten Mal sah ich sie ohne ihre Kette. Vorsichtig hob ich mein Geschenk heraus, stutzte und starrte auf den kleinen Anhänger. Es war nicht das N, welches Natalie sonst immer trug. An der Kette hing ein kleines, silbernes S.

Was ich damit sollte, verstand ich nicht.

Natalie schien meine Gedanken zu erahnen, lächelte mir scheu zu, zuckte mit ihren Schultern und sagte: »Das ist meine alte Kette mit einem neuen Anhänger, ich schenke sie dir.«

»Aber warum ein S?«

Ich beobachtete, wie sie tief Luft holte, ihre Fäuste ballte und ihre Lippen kurz zusammenpresste, als müsse sie sich überwinden mir zu antworten. Ihre Reaktion war mir neu, gehemmt kannte ich sie nicht.

»Weil ich nicht Natalie bin.«

Ungläubig lachte ich auf und sah sie verständnislos an. »Aber wer bist du denn?«

»Ich bin Samuel!«

KAPITEL 1

Jasper

Zwanzig Jahre später

Die Euphorie, die mich auf dem Weg nach Hause begleitet hatte, löste sich in dem Moment in Luft auf, als ich die gepackten Koffer in unserem kleinen Flur stehen sah. Irritiert kickte ich unsere Wohnungstür ins Schloss, spürte, wie sich ein beklemmendes Gefühl in mir ausbreitete und ließ meinen Hausschlüssel vorsichtig in die Porzellanschale auf unserer kleinen Kommode gleiten.

In zwei Tagen wollten Lena und ich in unseren wohlverdienten Urlaub aufbrechen, daher sollten mich die zu früh gepackten Koffer nicht beunruhigen, die an der hinteren Wand standen. Doch sie wurden von ihrer prallgefüllten Sporttasche und zwei großen Umzugskartons flankiert. Unser Flur wirkte erschreckend leer, stellte ich nun fest. Lenas Schuhregale waren komplett ausgeräumt, ihre unzähligen Taschen und Jacken, die sonst unsere Garderobe verstopften, nicht mehr zu sehen.

Die Erkenntnis, was das zu bedeuten hatte, ließ mich zittrig Luft holen.

Prüfend horchte ich in die Wohnung hinein, trat mir fahrig meine Schuhe von den Füßen und stellte mich vor unseren großen Spiegel. Mein Herz trommelte in meiner Brust, ich spürte meinen rasenden Puls bis in den Kopf.

Tja, Jasper, sieh dich an: So sieht ein Mann aus, der wieder einmal verlassen wird.

Der Versuch, mir selbst ein aufmunterndes Lächeln zuzuwerfen, misslang. Was blieb, war ein klägliches Zucken meiner Mundwinkel. Immerhin.

Bestürzt strich ich mir durch mein kurzgeschnittenes Haar und holte ein paar Mal tief Luft, um mich für das zu wappnen, was gleich auf mich zukommen würde. Leises Schniefen, das aus unserer Küche drang, bestätigte mir meine schlimmsten Befürchtungen. Nervös schluckte ich, bevor ich mich mit einem unheilvollen Gefühl im Bauch auf den Weg machte.

Lena saß weinend an unserem Küchentisch. Mit roten, verquollenen Augen sah sie mich verzweifelt an. Vorsichtig setzte ich mich zu ihr, nahm die unzähligen Taschentücher wahr, die zerrupft auf der Tischplatte lagen, und streckte meine Hand zu ihr aus. Zurück zuckte sie nicht, doch weiter zu mir lehnte sie sich diesmal auch nicht, als ich mit meinen Fingerspitzen behutsam über ihre warme, weiche Haut strich.

Sie ertrug es, bemerkte ich entsetzt, mehr nicht.

Was war passiert?

Unsere letzten Wochen waren stressig gewesen, aber nichts hatte für mich darauf hingedeutet, unsere Beziehung könnte am Ende sein. Im Gegenteil, wir wollten im Urlaub über unsere geplante Hochzeit sprechen, endlich Pläne für unsere Zukunft machen. Wir liebten uns doch! Und nach sechs gemeinsamen Jahren sollte plötzlich Schluss sein?

Alles vorbei, einfach so?

Einen anderen Mann schloss ich sofort aus. Lena würde sonst niemals so verzweifelt vor mir sitzen.

»Was ist los?«, fragte ich leise und stürzte sie damit in einen neuerlichen Weinkrampf. Die Schluchzer, die sie ausstieß, waren herzzerreißend. Sie zeugten von solch unglaublichem Kummer, dass ich nur hilflos zuschauen konnte, wie sie sich ihre Hände vor das Gesicht presste und immer wieder vergeblich versuchte sich mit tiefen Atemzügen zu beruhigen. Um ihr einen Moment Zeit zu geben, stand ich wieder auf, füllte den Wasserkocher und schnappte mir unsere Lieblingstassen aus dem offenen Regal. Ich war kaum in der Lage, genug losen Tee in das kleine Teeei umzufüllen. Meine Hände zitterten stark und ich verteilte mehr davon auf unserer Arbeitsplatte, als in dem Metallbehälter landete. Ungeduldig wartete ich, bis das Wasser kochte, füllte es in die bereitgestellte Kanne, stellte alles zusammen vor uns auf den Tisch und setzte mich wieder zu Lena, die sich gerade durch ihre zerzausten Haare strich. Die Verzweiflung, mit der sie mich ansah, ließ mich wieder nervös schlucken. Ich machte mich aufs Schlimmste gefasst.

»Jasper, ich kann das mit uns nicht mehr«, flüsterte sie und strich sich wiederholt die Tränen von ihren Wangen.

»Was denn?«, fragte ich mit brüchiger Stimme, während sich meine schlimmste Vermutung bestätigte. Ich blickte in ihre dunkelbrauen Augen mit den goldenen Sprenkeln, die ich so sehr liebte, und verstand es nicht.

»Ich kann dich nicht heiraten. Je näher unser Urlaub rückt, desto deutlicher wird mir klar, dass ich es nicht kann.«

»Aber warum nicht? Ich denke, wir lieben uns!«

»Ja«, bestätigte sie mir leise, bevor sie traurig lächelte. »Ja, ich liebe dich, aber ich kann nicht mehr mit dir zusammen sein. Es zerreißt mich, weißt du?«

Zerreißen?

Langsam ließ ich mich an die Stuhllehne zurücksinken, schüttelte verständnislos den Kopf und betrachtete dabei meine Freundin, wie sie versuchte die richtigen Worte zu finden.

Lena füllte unsere Tassen, nahm die ihre zwischen beide Hände, stützte ihre Ellenbogen auf den Tisch und pustete zittrig über den heißen Tee.

Oft hatten wir in den vergangenen Jahren in unserer Küche gesessen, um zu reden. Über unsere Probleme, unsere Träume, über unsere gemeinsame Zukunft, wenn sie ihr Studium in der Tasche hätte. Und jetzt, da es endlich so weit war, sollte alles vorbei sein?

Als Lena wieder sprach, holte sie mich aus meinen traurigen Gedanken. Eigentlich brauchte ich ihr gar nicht mehr zuzuhören. Ich ahnte, was sie mir noch sagen würde. Trotzdem sah ich sie aufmerksam an, als sie begann.

»Ich weiß, du liebst mich, Jasper. Ich weiß es und trotzdem habe ich immer häufiger das Gefühl, dass ich dir irgendwann nicht mehr reichen werde.«

Mit bebenden Lippen saß sie vor mir. Ihre Verzweiflung schnitt mir geradewegs ins Herz. Ebenso ihre Worte, denn sie erinnerten mich an meinen ersten Freund Christian. Vor knapp zehn Jahren hatte er mir eben diese Worte wutentbrannt im Flur unserer gemeinsamen WG entgegengeschleudert.

»Aber das tust du, das hast du immer und das wirst du auch immer«, bekräftigte ich mit einer Inbrunst, die ich von mir nicht kannte. Um es ihr zu bestätigen, griff ich verzweifelt nach ihren Händen und umschloss sie mit den meinen, aber an ihrem Blick erkannte ich es: Sie glaubte mir nicht mehr.

»Ich weiß das, irgendwie weiß ich es, aber ich habe so ein Gefühl in mir, das ich einfach nicht mehr abstellen kann«, sagte sie und entzog mir dabei ihre Hände, um sie sich an die Brust zu pressen. »Ich kann es nicht richtig erklären. Aber was ist, wenn du dich irgendwann wieder in einen Mann verliebst? Was …«

»Aber warum sollte ich denn?«, unterbrach ich sie bestürzt. »Du bist alles, was ich will! Natürlich gibt es keine Garantien, nie. Vielleicht verliebst du dich irgendwann einmal in einen anderen Mann oder …«

»Das ist richtig, Jasper. Aber solltest du dich irgendwann einmal in eine andere Frau verlieben, dann hätte ich wenigstens die Möglichkeit, gegen sie zu kämpfen. Gegen einen Mann hätte ich keine Chance.«

»Aber …«

»Ich bin einfach nur ich! Eine Frau … kein Mann, das ist mein Problem«, gestand sie mir stockend und schniefte noch einmal, bevor sie ihre Tasse griff und sich seufzend zurücklehnte, als wäre ihr eine zentnerschwere Last von den Schultern gefallen.

Mir fehlten die Worte.

Was sollte ich darauf noch sagen?

Nichts. Gegen ein Gefühl kam ich einfach nicht an. Noch stundenlang könnte ich ihr versichern, keinen Mann zu brauchen, aber es würde keinen Sinn haben. Hatte es bei meinem Ex-Freund damals auch nicht gehabt, als er mir vorwarf irgendwann nicht mehr ohne eine Frau auszukommen.

Lena genügte mir; sie war alles, was ich wollte, was ich brauchte. Aber wie sollte ich ihr das begreiflich machen?

Ich konnte es nicht.

Sie würde mir nicht mehr glauben.

Es war zum Verzweifeln und außerdem maßlos unfair!

War ich mit einem Mann zusammen, glaubten sie, mir würde eine Frau fehlen. War ich mit einer Frau zusammen, glaubten sie, mir fehlte ein Mann.

Aber so ist es nicht!, hätte ich am liebsten geschrien.

Es bedeutete doch nur, ich konnte mich zu allen hingezogen fühlen. Bis jetzt war ich nur einmal mit einem Mann in einer längeren Beziehung gewesen, mit Christian. Und davor …

Nein! Oh nein, an Samuel wollte ich jetzt nicht denken.

Sam war ein ganz anderes Thema, welches ich ganz schnell wieder in mir verschloss, bevor mich die Sehnsucht packte, die ich seit über zwölf Jahren mit mir herumschleppte.

Er hatte mich damals im Stich gelassen, wortlos. Das durfte ich nie vergessen. Nur so war ich in den letzten Jahren überhaupt in der Lage gewesen, die immer wieder aufkommenden Gefühle an ihn zu unterdrücken.

Ich blickte wieder zu meiner Freundin, die nun gefasster auf ihrem Stuhl saß. All das hatte ich Lena erklärt, hatte ihr von Sam erzählt, natürlich auch von Christian, als wir uns damals kennenlernten. Sie fand es nicht nur okay, sie war davon fasziniert gewesen, hatte mich oft darüber ausgefragt, wie es sich für mich anfühlte, mit einem Mann zusammen zu sein.

Plötzlich sollte genau dieser Punkt zu einem Problem werden?

»Wann hast du entschieden nicht mehr so weiterzumachen?«

»Das geht schon länger«, antwortete sie mir vage, wobei sie ihren Kopf schräg legte, mich entschuldigend anblickte und ihre Lippen zusammenpresste.

Ihre schönen Lippen, die zu küssen ich liebte, die sich unglaublich weich und verführerisch auf meiner Haut anfühlten, wenn sie damit über meinen Körper strich. Der Kloß, der sich in meinem Hals bildete, machte mir das Schlucken schwer, aber zusammenbrechen würde ich vor ihr nicht.

Auf gar keinen Fall!

Verzweifelt stützte ich den Kopf in meine Hände und schaute zu ihr, in der Hoffnung, sie würde weitersprechen.

»Ich wollte warten bis zu deinem Termin heute.« Verstohlen blickte sie dabei auf ihre Armbanduhr.

Fassungslos ließ ich meine Arme auf den Tisch fallen. Dann hatte sie ihre Gefühle die letzten Wochen wunderbar versteckt, denn bemerkt hatte ich davon nichts. Weder, wenn wir abends auf unserem Sofa zusammen gekuschelt hatten, noch sonst irgendwann und schon gar nicht, wenn wir uns geliebt hatten.

Wow!

Besonders der letzte Punkt schmerzte. Schmerzte mehr, als ich gerade bereit war zuzugeben. Nichts davon hatte ich gespürt.

Warum nicht?, fragte ich mich nun.

Ich wusste es nicht. Es schien jetzt auch zu spät zu sein mir darüber den Kopf zu zerbrechen. Lena hatte entschieden. Für uns beide.

»Also kann ich nichts sagen, um dich noch umzustimmen«, stellte ich resigniert fest. Ich hörte meine verzweifelte Stimme, die ich eigentlich vermeiden wollte, als Lena sich erhob, um sich mit verschränkten Händen an die Küchenzeile zu lehnen.

»Nein. Es tut mir leid, Jasper.« Im nächsten Moment stellte sie sich wieder aufrecht hin und legte mir im Vorbeigehen ihre Hand auf die Schulter, nur um dann mit schnellen Schritten die Küche zu verlassen. Ich hörte sie im Badezimmer kramen, griff nach meiner Tasse und sah mich in unserer Küche um, die ab heute nur noch meine sein würde.

Mal wieder begann sich mein bisheriges Leben in Luft aufzulösen.

Als es klingelte, saß ich noch immer auf meinem Stuhl. Wie lange ich hier schon alleine war, konnte ich nicht genau abschätzten, doch der Tee in meiner Tasse war nur noch lauwarm, wie ich angeekelt feststellte. Wie gelähmt stand ich auf, um die Brühe geradewegs in die Spüle zu schütten.

Aus den Augenwinkeln sah ich Lena im Türrahmen stehen und drehte mich zu ihr um. Ihre Augen waren wieder stark verquollen. Einzelne Tränen kullerten ihr bis in den Mund, als sie zögernd auf mich zukam und sich langsam in meine ausgestreckten Arme schmiegte.

Ein Hoffnungsschimmer?

Meine Nase drückte ich in ihr kurzes, jetzt wieder gestyltes Haar, sog noch einmal diesen geliebten Duft ein und presste sie verzweifelt an mich.

»Bitte bleib bei mir!«, krächzte ich wie ein kleines Kind unterdrückt in ihr Haar, wobei ich spürte, wie sie sich schon von mir zurückzuziehen begann.

»Es tut mir leid, Jasper! Aber ich kann nicht mehr. Ich werde erst mal zu Lisa ziehen.«

Obwohl sie mir gerade mein Herz brach, versuchte ich mich an einem zittrigen Lächeln. Dann gab ich sie frei.

Meine Sicht verschwamm.

Bevor ich ihr noch einmal sagen konnte, wie sehr ich sie liebte, war sie aus der Küche verschwunden.

Wie festgewachsen stand ich da, rutschte in Zeitlupe am Schrank hinunter auf die kalten Fliesen und zog meine Knie zu mir heran. Als unsere Haustür leise klickte, fühlte ich nur noch Schmerz und trat in meiner Verzweiflung mit dem Fuß gegen den Küchentisch. Lenas Tasse kippte, rollte von der Tischplatte, schlug auf dem Boden auf und zerschellte.

Ich schloss meine Augen. Spürte kaum, wie mir die Splitter entgegenflogen.

Ich war allein.

KAPITEL 2

Samuel

»Es ist geschlossen!«, rief ich laut durch die Tür zum Café, als das kleine Glöckchen anschlug, und hoffte, wer es auch immer war, würde unseren Laden wieder verlassen.

Verdammt!

Schon wieder hatte ich vergessen die Eingangstür abzuschließen, nachdem Liv Feierabend gemacht hatte. Angepisst zog ich die große Pfanne mit den angerösteten Nussstückchen vom Herd, schaltete ihn gleichzeitig aus und ging mit schnellen Schritten hinter die Theke unseres Verkaufsraums.

Die Gestalt, die gebeugt an einem unserer Tische saß, erkannte ich sofort.

»Raus!«, schrie ich aufgebracht. »Du hast hier nichts zu suchen, Gaylor!«

Steve Gaylor, das größte Arschloch und mein schlimmster Peiniger aus den ersten zwei High-School Jahren, zuckte zusammen, als meine Stimme durch den Raum dröhnte, bevor er sich noch kleiner zusammenkauerte. Verschreckt sah er mich an.

Ihn so zu sehen, verblüffte mich und verschaffte mir eine gewisse Genugtuung.

Tief durchatmend stützte ich mich an der Theke ab, um mich zu sammeln.

Oh nein, ich würde mich von diesem Wicht nicht mehr aus der Ruhe bringen lassen. Nicht nach all den Jahren.

Mein Blick schweifte kurz durch das große Fenster zur Straße, um mich zu vergewissern, ob er tatsächlich allein gekommen war. Bis auf den roten Mustang, den Steve fuhr, war der Straßenrand vor unserem Geschäft leer. Seufzend drehte ich mich um und befüllte die Espressomaschine, die unser Barista Julius kurz vor Feierabend penibel gereinigt hatte, mit frischem Wasser, um mir einen Kaffee zu machen.

Zeit. Ich versuchte Zeit zu schinden.

Mein Blick huschte an die gegenüberliegende Wand zur Uhr. Halb acht. In knapp dreißig Minuten würde Brian vor meiner Tür stehen. Bis dahin musste ich Steve loswerden, unsere Backstube aufräumen, duschen und das vorbereitete Abendessen aufwärmen. Sollte mein Bruder früher als verabredet auftauchen, würde es ein Blutbad geben. Davon war ich überzeugt.

Er hatte Steve Gaylor ebenso gefressen wie ich. Und nicht nur ihn, sondern auch seine drei ehemaligen Speichellecker, die mir damals das Leben zur Hölle gemacht hatten. Das ›S.W.A.T.-Team‹, so hatte Brian sie getauft, resultierend aus den Anfangsbuchstaben ihrer Vornamen. Nur waren sie für mich nicht mein finales Hilfskommando, sondern mein Albtraumteam gewesen.

Langsam drehte ich mich wieder um und sah, wie Steve noch immer an dem kleinen Tisch kauerte. Er hatte noch kein Wort gesprochen, also wartete ich, bis die Maschine aufgeheizt war, und befüllte sie mit frischen Kaffeebohnen.

Steve Gaylor, Sohn des größten Immobilienmaklers der Stadt. Will, Sohn des damaligen Bürgermeisters. Aaron, Sohn des ehemaligen Polizeichefs und Theo, Sohn des Rektors meiner damaligen Schule. Als diese Truppe die High-School endlich verließ, atmeten viele Schüler und das Gros der Lehrer auf. Diese vier Jugendlichen hatten die halbe Schule terrorisiert, bis sie Richtung College abgereist waren. Danach kehrte endlich Ruhe ein. Nicht nur in der Schule, sondern ganz besonders für mich und die Handvoll anderer Schüler, die von dieser Gruppe regelmäßig bis aufs Äußerste drangsaliert worden war. Nie würde ich vergessen, was sie mir regelmäßig in den Pausen antaten: Das Untertauchen meines Kopfes in einer versifften Schultoilette war immer das Finale, während sie mir grölend in den Schritt fassten, um sich zu versichern, dass es dort nichts anzufassen gab.

Ich spürte, wie sich mein Brustkorb zusammenzog und das beengte Gefühl mir die Luft nahm, wenn ich daran zurückdachte.

Die größte Demütigung, die ich in dieser Zeit erfahren musste, waren die unzähligen Anzeigen wegen Körperverletzung, die meine Eltern und ich gegen die vier gestellt hatten, die aber alle von Aarons Vater unter den Tisch gekehrt worden waren. Es hatte genau eine einzige Anhörung gegeben. Diese war jedoch von vornherein zum Scheitern verurteilt gewesen, denn ich konnte keine Zeugen vorweisen. Es stand Aussage gegen Aussage – ich gegen die vier. Wir waren hoffnungslos bei der Schulbehörde gescheitert, die auch nur reagiert hatte, weil sie die große Anzahl unserer Anzeigen nicht mehr ignorieren konnte.

Jahre später erfuhr ich von Brian, dass sich Aaron im Drogenrausch das Leben genommen hatte. Will, die kleine Ratte, saß seit drei Jahren wegen illegaler Börsengeschäfte irgendwo an der Ostküste im Gefängnis und wo Theo abgeblieben war, wusste kein Mensch. Irgendwann war er einfach mit seiner Freundin verschwunden. Blieb noch Steve, der jetzt unterwürfig bei mir im Laden saß. Von seiner überheblichen Art konnte ich nichts mehr entdecken.

Was mit Steve los war, interessierte mich einen Dreck. Aber es musste schon etwas Gewaltiges sein, denn ohne triftigen Grund würde er niemals zu mir in den Laden kommen.

Ich beschloss mir anzuhören, was er wollte. Danach würde ich ihn rausschmeißen.

Mit ihm wollte ich nichts zu tun haben.

Tief holte ich Luft, sammelte mich und stellte meinen fertigen Kaffee auf den Tisch, bevor ich mich Steve gegenüber auf einem Stuhl niederließ.

»Ich brauche deine Hilfe.«

Solch einen Satz aus dem Mund dieses Dreckschweins wäre vor ein paar Jahren Gold wert gewesen. Jetzt entlockte er mir nur noch ein ungläubiges Lachen.

»Du hast schon immer meine Hilfe gebraucht, Gaylor. Allein, um dich besser zu fühlen, brauchtest du mich und die anderen. Nur so konntest du dir weismachen über uns zu stehen, nicht wahr?«

»Ich …«

»Weißt du was?«, schnitt ich ihm kalt das Wort ab. »Du kannst dich verpissen! Sag deiner Frau einen lieben Gruß, sie ist hier immer willkommen, du dagegen nicht.«

Die Stuhlbeine schabten laut über den Holzfußboden, als ich abrupt aufstand. Doch Steve blieb, wo er war, wischte sich übers Gesicht und schaute zu mir hoch. Sein bettelnder Gesichtsausdruck ließ Übelkeit in mir aufkommen. Mit zusammengepressten Lippen wartete ich auf das, was er gleich sagen würde.

»Kennst du Kate, meine Jüngste?«

Als ich irritiert nickte, schloss er die Augen und vergrub das Gesicht wieder zwischen seinen Händen.

Natürlich kannte ich Kate und auch seine ältere Tochter Mia, sie kamen regelmäßig mit seiner Frau Susan zu uns. Was sein Auftauchen mit mir und seiner Tochter zu tun haben sollte, verstand ich jedoch nicht.

»Sie nennt sich seit Wochen Jake und behauptet ein Junge zu sein.«

Kraftlos glitt ich wieder auf meinen Stuhl. Lachen hätte ich können, weil ausgerechnet Steve zu mir kam, doch blieb mir bei dem Gedanken an sein Kind das Lachen im Hals stecken.

»Was willst du von mir?«

Nach dem, was er mir angetan hatte, hier bei mir aufzukreuzen, empfand ich als unglaublich dreist, unverschämt und kaltschnäuzig.

»Ich …«, setzte er an und stockte kopfschüttelnd. Sein Blick wanderte wieder langsam zu meinem Gesicht. »Susan und ich dachten, also, vielleicht könntest du mal mit ihr reden, bitte.«

»*IHM*!«, stellte ich laut klar und beugte mich über den Tisch, um ihn mit meinem Blick zu fixieren. »*Ihm*, Steve! Wenn er tatsächlich trans ist, dann heißt es *ihm*!«

»Mann, ich kann das nicht. Was sollen die Leute …«

Krachend landete meine Hand auf der Tischplatte, um seine weinerliche Stimme zu unterbrechen.

»Was heißt hier *ich*, Steve? Sag's mir! Es geht hier ausnahmsweise mal nicht um dich. Es geht um eins deiner Kinder, welches ganz schnell Unterstützung braucht, sollte eure Vermutung stimmen, und nicht um einen Vater, der einen Stock im Arsch hat, weil er Angst vor den Nachbarn hat«, schnauzte ich ihn an. »Habt ihr euch in den letzten Wochen auch nur einmal eine Stunde Zeit genommen, um im Internet zu recherchieren, was das Wort überhaupt bedeutet? Wir suchen uns das nicht aus, genauso wenig, wie du dir ausgesucht hast Steve zu sein. Es ist auch keine zickige Laune deines Kindes, wenn er es tatsächlich ist. Es nennt sich Transidentität und allein das Wort *Identität* sagt alles. Wir wollen es nicht sein! Wir *SIND* es, wir *FÜHLEN* es!« Meine aufgebrachte Stimme dröhnte durch den Raum, wobei ich mir alle Mühe gab, mich wieder zu beruhigen.

Gott, was für eine Scheiße!

Was hatten sich die beiden bloß dabei gedacht, ausgerechnet Steve für ein Gespräch zu mir zu schicken? Oder wusste Susan womöglich gar nicht, was mir ihr Mann mit seinen Freunden damals angetan hatte? Ich würde es ihm zutrauen, diese wichtige Information vor ihr verborgen zu haben. So war Steve immer schon gewesen, ein feiges Arschloch, der erst an Größe gewann, wenn seine Freunde bei ihm waren.

Bedröppelt saß er auf seinem Stuhl und starrte mich mit weit aufgerissenen Augen an.

»Was?«, blaffte ich.

»Ich dachte, vielleicht, wenn du mit ihr …«

Drohend riss ich meine Augen auf.

»Äh, wenn du mit *ihm* sprichst«, würgte er kratzig hervor, »dann könnte es ja auch sein, dass sie, also er, sich das nur einbildet, oder?«

Frustriert ließ ich meinen Kopf in den Nacken fallen und starrte an die Decke. Wie konnte ein erwachsener Mann nur so bräsig sein?

»Wie soll das gehen? Ich meine, er würde ja nie ein richtiger Mann sein«, nuschelte Steve leise vor sich hin.

Wutschnaubend sah ich in das geleckte Gesicht dieses arroganten Mistkerls und hoffte meine Fäuste bei mir behalten zu können. Noch nie hatte ich jemanden absichtlich verletzt, es sei denn, ich musste mich wehren. Aber in diesem Augenblick hätte ich ihm am liebsten seine viel zu weißen Zähne ausgeschlagen.

»Ach«, ätzte ich scharf, »wann ist Mann denn ein richtiger Mann?«

Steves Blick huschte zu meinen Unterarmen. Unbehaglich rutschte er auf seinem Stuhl herum. Doch eine großflächige Narbe, die er dort offensichtlich suchte, gab es nicht zu sehen.

Noch nicht.

»Ich habe im Internet recherchiert.«

»Schön für dich.«

»Also, ich weiß, … äh, du hast keine Narbe!?«

Stellte er das jetzt fest oder fragte er mich? Das war Steve wohl selbst nicht ganz klar, wie ich an seinem ratlosen Gesichtsausdruck ablas.

Da war sie wieder: Die alles entscheidende Frage, der heteronormativen Öffentlichkeit.

Es kotzte mich an!

»Das scheint ja das Wichtigste für dich zu sein«, begann ich aufgebracht. »Wäre ich ein Mann für dich, wenn ich jetzt einen Schwanz hätte, oder doch nur ein halber, weil er nicht seit meiner Geburt zwischen meinen Beinen hängt? Oder bin ich für dich vielleicht gar kein Mann, weil ich weder einen Schwanz, noch Eier habe?«

»Du willst mich nicht verstehen, oder, Samuel?«, jammerte Steve mit weinerlicher Stimme, bevor er sich aufrechter hinsetzte. »Na ja, es geht nicht nur darum, ob er einen …, also, einen Schwanz haben würde«, stotterte er. »Es geht auch darum, wie wir das alles schaffen sollen. Ich werde im nächsten Jahr die Firma übernehmen. Wie stehe ich denn da, wenn …«

»Raus!«, brüllte ich, stand auf und beugte mich drohend über ihn. »Du willst ein Mann sein, Steve? Ich bin mehr Mann, als du je sein wirst, denn ich musste verzweifelt darum kämpfen, einer sein zu *DÜRFEN*, obwohl ich schon immer einer *WAR*! Du solltest ganz schnell anfangen umzudenken. Nicht nur für Jake und deine Familie, sondern für dich selbst. Seit über dreißig Jahren versteckst du dich hinter Daddy und seinem Geld. Das ist bisher alles, was du als Mann mit Schwanz und Eiern geschafft hast!«

Steve rutschte vom Stuhl, wich vor mir zurück und ging rückwärts zur Tür, ohne mich aus den Augen zu lassen. Wütend drängte ich ihn weiter. Ich genoss es regelrecht, ihn nur durch meine Präsenz einzuschüchtern. Früher war er mir immer sehr viel größer vorgekommen, vielleicht, weil ich zu viel Angst vor ihm gehabt hatte.

»Es tut mir leid«, nuschelte er leise, als er mit dem Rücken gegen die Eingangstür stieß. »Ich …«

»Was genau?«, unterbrach ich ihn. »Weil du mich mit deinen ach so tollen Freunden über Jahre tyrannisiert hast oder weil du meine Hilfe brauchst?«

»Beides«, murmelte er und floh mit schnellen Schritten zu seiner roten Schwanzverlängerung.

Während ich den kleiner werdenden Rücklichtern hinterher sah, lehnte ich erschöpft am Rahmen unserer großen Schaufensterscheibe und sackte in mich zusammen.

Was für eine gottverdammte Scheiße!

KAPITEL 3

Jasper

Es fühlte sich bedrückend an, durch das ausgeräumte Haus meiner Großeltern zu gehen. Die Behaglichkeit, die ich hier bei meinen vielen Besuchen immer gespürt hatte, war verflogen. Zurück blieb ein beklemmendes Gefühl der Leere, als ich durch die geöffnete Tür auf die Terrasse trat.

Langsam ließ ich mich auf der obersten Stufe der Treppe zum Garten nieder, lehnte mich an einen hölzernen Pfosten und zündete mir eine meiner wenigen heißgeliebten Zigaretten an. Der erste Zug war immer der beste.

Tief inhalierte ich.

Genoss ihn.

Hielt ihn so lange wie möglich fest.

Durch den Rauch, den ich langsam wieder entließ, blickte ich, wie immer, wenn ich hier war, zu dem jetzt windschiefen Baumhaus hinüber, welches noch zwischen den Ästen des alten Kirschbaums klemmte.

Meine Kindheit, die ich hier verbringen durfte, konnte ich nur mit »glücklich und unbeschwert« beschreiben. Die Erinnerungen, die ich mit diesem Ort verband, würden immer in meinem Herzen bleiben, niemand konnte sie mir nehmen. Dennoch machte sich ein wehmütiges Gefühl in mir breit.

In den nächsten Wochen wollten die neuen Besitzer einziehen.

Nachdem meine Großeltern schon vor Wochen in eine Alten-WG umgezogen waren, stand nun für alle der Abschied an.

Es ist gut so, versuchte ich mir seit Tagen einzureden, denn das große Haus und der pflegeintensive Garten wurden für die beiden zu viel.

Wie immer, wenn ich hier saß, gingen meine Gedanken unweigerlich zu Samuel, meinem besten Freund aus Kindertagen.

Zu unseren vielen Treffen im Baumhaus, abends, wenn wir wieder einen aufregenden Tag hinter uns hatten und noch ein paar Minuten herausschunden, bevor wir in unsere Betten mussten. In diesen Momenten alleine dort oben waren wir uns ganz nah. Wir teilten unsere Geheimnisse miteinander, schworen uns ewige Freundschaft und flüsterten uns unsere Träume zu. Sams war immer derselbe gewesen: Er träumte davon, ein Junge sein zu dürfen.

Verstanden hatte ich das nie.

Wenn ich mich später daran zurückerinnerte, wurde mir bewusst, wie traurig und niedergeschlagen er in solchen Momenten war. Als er mir bei unserem Abschiedstreffen erzählte, er sei Samuel, konnte ich es zunächst nicht begreifen.

Wie auch?

Ich war neun Jahre alt. Trotzdem spürte ich, wie richtig es war.

Er war nie Natalie gewesen.

Ein Jahr später setzten mich meine Eltern zum ersten Mal alleine in ein Flugzeug. Ich erinnere mich an eine nette Flugbegleiterin, die mich während der qualvoll langen Stunden im Flieger nicht aus den Augen ließ, mich durch die Gepäckabholung und den Zoll lotste, um mich in die Arme von Sams Familie zu entlassen. Fünf Wochen Kalifornien bedeuteten: Pool, Hitze, zerstochene Haut, qualmende Barbecues, chaotische Szenen beim Frühstück mit vier Kindern und zwei Erwachsenen, die pünktlich zur Arbeit aus dem Haus mussten, Videoabende im eigenen Fernsehzimmer und Sam.

Immer wieder Sam.

In Sam verliebte ich mich, als ich mit siebzehn Jahren zu Besuch kam. Dass es mein letztes Mal sein würde, hatte ich nicht ahnen können. Natürlich hatten wir telefoniert. Auch über Skype trafen wir uns regelmäßig. Aber erst, als er am Flughafen vor mir stand, bemerkte ich die Veränderungen so richtig. Das Testosteron, welches er gespritzt bekam, hatte in dem Jahr ganze Arbeit geleistet. Größer als ich war er schon immer gewesen, seine tiefe Stimme kannte ich auch, aber nichts hatte mich auf den Anblick vorbereitet, als ich aus der automatischen Tür trat, hinter der sich meine Ferienfamilie befinden sollte.

Sam war allein gekommen. Groß und stolz lehnte er an einem Pfeiler, wartete auf mich und schenkte mir ein Lächeln, welches ich von ihm noch nie zuvor gesehen hatte. Er war sich seiner Wirkung sehr wohl bewusst, denn alle, die ihn betrachteten, sahen nur noch ihn: einen jungen Mann. Keinen unsicheren Teenager, der sich verstohlen in einer Ecke herumdrückte und versuchte sich unsichtbar zu machen.

In diesem Moment erkannte ich den Sam, der er immer schon gewesen war und immer schon hatte sein sollen.

Mit ausholenden Schritten kam er damals auf mich zu und nahm mir die Luft zum Atmen. Nicht nur, weil er mich mit einem leisen »Hi« kurz, aber fest an seine Brust drückte, was sehr selten vorkam, sondern weil ich in dem Moment spürte: Irgendetwas war anders.

Ich wusste nicht sofort, was es war, aber nur wie mein Freund fühlte sich Sam plötzlich nicht mehr an. Irgendwas hatte sich in diesem kurzen Augenblick verschoben.

In mir.

Mein aufkommendes Bedürfnis, ihn noch fester an mich zu drücken, irritierte mich.

Fünf Wochen blieben, um es zu verstehen.

Es sollten die besten und gleichzeitig schmerzvollsten Sommerferien meines Lebens werden, denn ich glaubte, die neuen und aufregenden Gefühle, die ich für Sam hatte, verstecken zu müssen.

Bis zu unserem letzten Videoabend.

Zwölf Jahre zuvor.

»Wo sind noch mal alle?«, fragte ich, fläzte mich mit einer Schale Popcorn auf dem großen Sofa herum und wartete geduldig, bis Sam den Film anmachte. Es blieb nicht mehr viel Zeit. Meine Ferien waren zu Ende. Heute Nacht um halb fünf würde mein Flug nach Deutschland gehen. Ich hatte überhaupt keine Lust, die Familie Meyers zu verlassen, denn zu Hause in München erwartete mich mein letztes Schuljahr vor dem Abitur. Die neunte Klasse hatte ich übersprungen. Und wenn alles lief wie geplant, würde ich im nächsten Jahr mit meinem Medizinstudium beginnen.

»Brian und Becky wollten mit Freunden zum Baseball, meine Eltern sind auf einem Empfang vom Institut, keine Ahnung«, nuschelte Sam, als er sich neben mich aufs Sofa warf.

Er drückte die Playtaste, legte die Fernbedienung zwischen uns und grinste, als die Titelmusik zu »Pirates of the Caribbean: Dead Man's Chest« lautstark aus den acht großen Lautsprechern röhrte. Ich konnte mit Jonny Depp gar nichts anfangen. Sam dagegen liebte ihn und weil ich das wusste, schaute ich natürlich mit.

Da mich der Film überhaupt nicht interessierte, sah ich mir lieber verstohlen meinen Freund an, wie er entspannt immer tiefer in sein Kissen rutschte, eine Hand hinter seinem Kopf, die andere neben mir, um bequem an das Popcorn zu gelangen. Viel zu nah neben mir.

Sam wieder verlassen zu müssen machte mein Herz schwer. In den letzten fünf Wochen hatte ich mich in meinen Freund verliebt. Heimlich, still und leise. Mich ihm zu offenbaren traute ich mich nicht, zu groß war meine Angst, ausgelacht oder gar weggestoßen zu werden.

Ich fand Sam unglaublich schön. Seine aschblonden Haare mit den hellen, von der Sonne ausgeblichenen Strähnen passten wunderbar zu seiner gebräunten Haut und den leuchtend grünen Augen. Ein leichter Bartschatten bedeckte seine untere Gesichtshälfte mit dem energischen Kinn. Auch mit dem Bartwuchs war er mir um einiges voraus. Sein trainierter Körper steckte in einem ausgeleierten, schwarzen T-Shirt und einer grauen Jogginghose. Seine nackten Füße lagen neben den meinen auf dem kleinen Tisch vor dem Sofa. Je länger ich ihn heimlich betrachtete, desto mehr Schwierigkeiten hatte ich, entspannt liegen zu bleiben, als würde mich auch nur ansatzweise interessieren, was Jonny Depp und Orlando Bloom auf einem alten Segelschiff trieben.

»Du passt ja gar nicht auf«, nuschelte Sam mit vollem Mund und drehte sich zu mir. Seine Augen blitzten amüsiert, seine Lippen glänzten verführerisch vom Popcorn.

Nervös schluckte ich.

Er musste gespürt haben, was mit mir los war, denn sein Blick wechselte zu irritiert und huschte unstet über mein Gesicht.

Mist, hat er mich beim Starren erwischt?

Um das wachsende Problem in meiner Hose zu verbergen, drehte ich mich mit angezogenen Knien auf die Seite. Ich hörte, wie Sam neben mir schnappend die Luft anhielt, kniff meine Augen zusammen, weil ich mich furchtbar schämte, und wünschte mich tausend Meilen weit weg. Es war mir schrecklich peinlich, also bewegte ich mich nicht. Überrascht riss ich die Augen auf, denn ich spürte, wie Sam plötzlich näher an mich heranrückte. Popcorn und Fernbedienung rutschten über die Sofakante. Sein Gesicht war nur noch Zentimeter von meinem Nacken entfernt. Sein zittriger Atem traf heiß meine Haut. Die Luft um uns herum schien zu vibrieren, als sein Gesicht sich meinem näherte. Vorsichtig wand ich mich um. Sah auf seinen Mund und sehnte mich danach, ihn zu küssen. Langsam, um ihn nicht zu verschrecken, überbrückte ich die letzten Zentimeter und legte ganz sanft meine Lippen auf die seinen.

Zögernd kam er mir entgegen.

Mein Herz wummerte. Seine Lippen waren weich und warm, sie schmeckten nach der Butter und dem Salz des Popcorns. Es war himmlisch. Ich genoss es, denn ich wusste auch: Dies würde das Einzige bleiben, was ich von ihm haben konnte.

»Nicht anfassen, Jas!«, flüsterte er da auch schon ängstlich an meinen Lippen, bevor er sie wieder mit den seinen verschloss.

Ich nickte verstehend. Dennoch, der Drang, ihn zu berühren, wurde übermächtig. Ich wollte ihm zeigen, wie liebenswert er war, weil er sich selbst nicht lieben konnte. Ich wollte über seine blonden Augenbrauen streichen, über seine schöne Nase mit den vielen Sommersprossen, die er an sich ebenfalls nicht mochte, die ihn für mich aber noch anziehender machten. Wollte wissen, wie sich seine Haut unter meinen Fingern anfühlte, wollte wenigstens ein kleines bisschen seinen Körper spüren.

Durfte es aber nicht.

Sam ließ sich nicht anfassen. Darum schmiegte ich meine Hand nur leicht an seinen Hinterkopf. Die andere krallte ich ins Sofa. Unser Kuss blieb zart und vorsichtig. Er erregte mich maßlos. Ich fand es himmlisch, Sams kratzige Wange an der meinen zu spüren.

Wir blickten in unsere Augen, als müssten wir uns versichern, dass das, was hier gerade mit uns geschah, tatsächlich passierte. Sehnsucht konnte ich erkennen, ebenso wie Furcht, als ich mit meinem Unterleib das erste Mal an seinen Bauch stieß. Beide sogen wir scharf die Luft ein. Sam schreckte aber nicht zurück. Und so vertiefte ich überglücklich unseren Kuss, schmeckte ihn. Endlich. Leise und genussvoll brummte er, als ich mich noch fester gegen ihn drückte, wobei er sein rechtes Bein langsam über meine Beine schob.

Ich spürte, wie Sam begann sich ganz sachte mit seiner Mitte an meinen Oberschenkel zu drücken. Er zog mich mit einem Arm noch näher zu sich, sodass mein Schwanz wunderbar zwischen unseren Bäuchen eingeklemmt war. Heiße Wellen schossen durch meinen Körper. Ich genoss die leisen Laute, die aus seinem Mund auf meine Lippen trafen, und schwelgte in meinem Glück.

Es rührte mich an, wie er sich immer fester an meinem Bein rieb. Sam klemmte es regelrecht ein, bis er schwer atmend seine Lippen von den meinen trennte. Fasziniert beobachtete ich ihn, wie er erregt seinen Kopf in den Nacken legte, fester in meine Hand hinein, mit der ich ihm nun sanft durch sein Haar strich. Mit leicht geöffnetem Mund atmete er immer schneller und bewegte wimmernd sein Becken auf der Suche nach noch mehr Druck.

Da! Die Stimmen seiner Eltern!

Abrupt wich er zurück. Er schrie auf, schob sich kräftig nach hinten, wobei er fast vom Sofa fiel, und sah mich entsetzt an.

»Sam, es ist okay!« Ich wollte ihn beruhigen, wollte mich ihm endlich offenbaren. Wir hatten nichts falsch gemacht. Doch bevor ich mehr sagen konnte, rappelte er sich hektisch auf und rannte stolpernd Richtung Flur. Für mich klang er wie ein verwundetes Tier: hoch, voller Entsetzten und Angst. So schnell ich konnte, eilte ich ihm nach und sah gerade noch, wie Sam ins Badezimmer flüchtete. Ich hörte das Schloss einrasten und sein lautes Wehklagen, als Andrew und Rosa über den Flur auf mich zukamen.

Ohne Abschied flog ich heim.

Ich sah Sam nie wieder.

Seufzend strich ich mir durchs Gesicht, drückte meine Zigarette aus und hörte, wie meine Mutter zu mir trat. Sie schwenkte lächelnd zwei Flaschen Bier und setzte sich zu mir auf die Stufe.

»Na, überkommt dich die Wehmut? Du guckst so traurig.«

Wehmut?

Nein, Wehmut war es nicht. Vielmehr Sehnsucht, aber das wollte ich nun wirklich nicht mit ihr diskutieren, zumal sie mir nie richtig zuhörte, wenn ich von Sam sprach. Dass wir mehr als gute Freunde gewesen waren, wusste sie. Verstanden hatte sie mich allerdings nie und auch nicht, was mit Sam los war. Da sie ihn nie richtig kennengelernt hatte, blieb er für sie immer das kleine Mädchen, das er doch nie gewesen war.

»Na ja, es war schön, wenn ich hier war, aber ich kann Oma und Opa verstehen.«

»Mmh …« Sie klackte mit ihrer Flasche an die meine, bevor sie den ersten Schluck nahm. »Was hast du jetzt vor? Bleibst du in der Wohnung oder suchst du dir etwas Kleineres?«

»Ich bleibe erstmal. Sie ist zwar zu groß für mich allein, aber sie ist günstig und mit dem Fahrrad bin ich schnell in der Klinik.«

Meine Eltern waren geschockt gewesen, als ich ihnen erzählte, warum Lena und ich uns getrennt hatten. Nach sechs Jahren gehörte sie zur Familie.

»Ach, Jasper, es tut mir unglaublich leid.«

»Ja«, pflichtete ich ihr leise bei, »mir tut es auch leid, aber gegen ihr Gefühl komme ich einfach nicht an.«

Meine Mutter schenkte mir ein aufmunterndes Lächeln, während ich mich an sie lehnte, und schloss mich wortlos in ihre Arme. Für einen winzigen Moment gönnte ich mir die Geborgenheit, die sie mir gab. Ich war fast dreißig Jahre alt, aber manchmal brauchte ich ihren mütterlichen Trost.

KAPITEL 4

Samuel

Die angerösteten Nüsse klebten endlich an der Buttercreme der vier Kuchen in der Kühlung. Geduscht war ich und mein vorbereitetes Chili köchelte auf dem Herd, als Brian grinsend mit einem Sixpack unseres Lieblingsbieres vor meiner Tür stand. Er hatte einen Schlüssel zu meiner Wohnung, benutzte ihn aber ausschließlich, wenn ich nicht da war. Während seine Frau Lucy und sein Sohn Joe für drei Wochen seine Schwiegereltern besuchten, verbrachten wir die Abende meist gemeinsam.

Mir sollte es recht sein. Momentan hatte ich Besseres zu tun, als mich ins Clubgetümmel zu stürzen. Ein Kerl war sowieso nicht in Sicht und die Büroarbeit für unsere vier Back- und Café-Shops raubte mir das letzte bisschen freie Zeit.

Als meine Mutter vor zehn Jahren das »Rosas« eröffnete, hatte keiner von uns damit gerechnet, schon nach zwei Jahren gezwungen zu sein zu expandieren. Die ausnahmslos deutschen Kuchen, Torten und Brote sowie der Verzicht auf Plastik -und Pappgeschirr trafen den richtigen Nerv. Unsere Läden strahlten in warmen Farben Gemütlichkeit aus, die Einrichtung war stylisch, aber nicht kalt und bot somit das genaue Gegenteil zu den typischen amerikanischen Coffee-Shop-Ketten.

Nach meinem Master in Betriebswirtschaft kümmerte ich mich um den gesamten Finanzkram, denn genau das war mein Ding – Zahlen. Nur selten stellte ich mich in unsere Backstube. Gott bewahre, ich war kein Konditor, aber Frankfurter Kranz war meine Spezialität und der Renner bei unseren Kunden.

Seufzend lehnte sich Brian nach dem Essen auf seinem Stuhl zurück, strich sich genüsslich über den Bauch und prostete mir zu.

»Dein Chili ist das Beste«, bemerkte er anerkennend, bevor er einen großen Schluck aus seiner Dose nahm. »Und jetzt erzähl mir endlich, was passiert ist.«

Seufzend sammelte ich unsere Teller zusammen, stellte sie in die Spüle und lehnte mich dagegen. Dass mich etwas beschäftigte, war ihm also nicht entgangen.

»Steve Gaylor war vorhin unten im Laden.«

Mein Bruder knallte seine Dose lautstark auf meinen Esstisch. Wütend richtete er sich auf. »Stevie, das Arschloch, Steve Gaylor?«, fragte er aufgebracht, während ich mich wieder zu ihm setzte. »Was wollte er?«

In allen Einzelheiten erzählte ich ihm von unserem Gespräch und bemerkte, wie sich ein fieses Grinsen in seinem Gesicht immer mehr ausbreitete. Die traurige Ironie war auch Brian nicht entgangen.

»Du wirst doch wohl nicht auf seine Bitte eingehen, Sam, oder?«

»Ich weiß es noch nicht.« Grübelnd nahm ich einen Schluck Bier.

»Das kannst du dir nicht antun!«

»Es geht hier um einen sieben Jahre alten Jungen, Brian!« Bevor er mich unterbrechen konnte, hob ich bittend eine Hand. »Ich weiß, was er mir angetan hat. Trotzdem sollte ich wenigstens mal mit seiner Frau und mit Jake sprechen. Ich könnte ihnen ein paar Tipps geben, die Namen von guten Kinderärzten und Psychologen, die sie mit Sicherheit brauchen werden. Das würde ihnen schon weiterhelfen.«

Kopfschüttelnd saß Brian da und durchbohrte mich mit seinen stechenden Augen. Ich hatte die gleichen, also konnte ich mir gut vorstellen, wie ich ihn gerade mit den meinen festnagelte. Brian und ich sahen uns unheimlich ähnlich. Kurze, aschblonde Haare, grüne Augen in einem kantigen Gesicht und ein kleines Grübchen am Kinn, das wir von unserem Vater geerbt hatten, wobei meines unter einem kurzen Bart verschwand. In Größe und Statur nahmen wir uns auch nicht viel. Der einzige Unterschied blieb unser Alter. Mein Bruder war sechs Jahre älter.

»Du spinnst! Nach all der Scheiße willst du das wirklich tun?

»Ich weiß es einfach nicht«, murmelte ich in meinen Bart, legte meinen Kopf genervt in den Nacken und schielte zu meinem Bruder, der noch immer aufgebracht am Tisch saß.

Ich verstand seine Skepsis.

Brian war mein Rettungsanker – immer schon gewesen. Nicht nur bei den verletzenden Demütigungen, dem Spott und den körperlichen Angriffen meiner Mitschüler, sondern vor allem, wenn mich der Lebensmut verließ. Wie meine Familie war Brian immer an meiner Seite, oft im Hintergrund, aber wenn es sein musste, auch mit mir an vorderster Front. Er war unerschütterlich und kampfbereit, wenn es um Ausgrenzung von Minderheiten oder Ungerechtigkeiten ging. Darum passte der Beruf des Anwalts für Familienrecht auch so gut zu ihm. Vor Jahren hatte er mir mal gestanden, dass er ohne mich nie auf die Idee gekommen wäre, Jura zu studieren.

Tja, wenigsten etwas, was ich ihm zurückgeben konnte.

Manchmal beschlich mich das Gefühl, ihn gar nicht verdient zu haben.

Brian entspannte sich wieder, rollte grübelnd die Dose zwischen seinen Handflächen und beobachtete mich aufmerksam.

»Sam, bitte«, begann er flehend. »Dir geht es im Moment gut. Willst du das wirklich für diesen Typen aufs Spiel setzen?«

Nein. Nein wollte ich nicht.

Natürlich hatte Brian recht, es ging mir gut. Meine depressiven Phasen, die mich immer wieder einholten, waren seit der Trennung von meinem letzten Partner ausgeblieben. Wobei das Wort Partner im Nachhinein ein viel zu bedeutungsvoller Begriff war. Frank und ich hatten Sex gehabt, wie er es wollte, nicht mehr.

Manchmal wartete ich regelrecht darauf, morgens aufzustehen und völlig antriebslos zu sein. So begann es immer und steigerte sich dann, bis ich entweder gar nicht mehr aus dem Bett kam oder völlig aufgezogen nächtelang durch die Clubs schweifte. Ich war gern allein, doch wenn mich das Bedürfnis nach Nähe packte, trieb ich mich in einschlägigen Clubs herum und verteilte willig Blowjobs. Dabei genoss ich das Gezerre an meinen Haaren oder ein flüchtiges Streicheln über meinen Kopf – Berührung, die ich regelrecht herbeisehnte. Alles nahm ich dann hin, um nicht allein und damit unberührt zu bleiben.

Meine Beziehungen konnte ich an zwei Fingern abzählen. Sowohl für Frank als auch für Daniel wurden meine nicht vorhandenen männlichen Genitalien zu einem immer unlösbareren Problem, je länger unsere Beziehungen andauerten.

Und für mich damit auch.

Ich sehnte mich nach einem echten Partner, der mich akzeptierte – mich liebte.

Oder verlangte ich zu viel?

Seufzend schaute ich zu meinem Bruder und strich mir kratzend übers Kinn. »Du hast recht, mir geht es gut. Das soll auch so bleiben. Aber irgendwie …«

»Sam«, unterbrach er mich, »du bist nicht für diese Familie verantwortlich.«

»Ich weiß. Aber stell dir vor, ich hätte damals jemanden gekannt, dem es ebenso ergangen war. Jemanden, der gewusst hätte, wie es sich anfühlt, in einem falschen Körper zustecken. Der gewusst hätte, wie eingeengt, falsch und hilflos ich mich oft als Kind gefühlt habe.« *Und noch immer fühle.* Aber diesen Gedanken sprach ich nicht laut aus. »Der mir das Gefühl gegeben hätte, nicht der Einzige auf der Welt zu sein!« Langsam beugte ich mich zu ihm über den Tisch. »Gott, Brian, überleg mal! Jake ist sieben Jahre alt!«

KAPITEL 5

Samuel

Ich war ein Feigling!

Seit zwanzig Minuten saß ich in meinem Auto vor dem Haus der Gaylords, unfähig mich aufzuraffen und auszusteigen. Die letzten Tage hatte ich hin und her überlegt, ob es wirklich klug war, mit ihnen und vor allem mit Jake zu sprechen. Brian hatte mich für verrückt erklärt, woraufhin wir miteinander stritten. Die letzten Tage waren wir uns bewusst aus dem Weg gegangen.

Ja, richtig, ich war dieser Familie nichts schuldig. Trotzdem würde das schlechte Gewissen an mir nagen, wenn ich es nicht täte.

Tief holte ich Luft, sprach mir Mut zu und schnappte mir meine gepackte Tasche vom Beifahrersitz. Während ich die Autotür zuschlug, sah ich mich noch einmal um. Die Wohngegend war typisch für Neubaugebiete: Die Häuser glichen sich bis auf die Farbe wie ein Ei dem anderen. Bungalowstil mit kurzer, betonierter Auffahrt vor einer Doppelgarage. Das kleine Stückchen Rasen vor dem Haus war verdorrt, da es die letzten Wochen kaum geregnet hatte.

Ich überbrückte die letzten Meter zur Haustür, als diese von Steves Frau Susan schon geöffnet wurde. Wir kannten uns aus dem Café. Sie war freundlich und herzlich. Jetzt allerdings spürte ich ihr Zögern.

»Hi, Samuel«, begrüßte sie mich. Verkrampft schüttelten wir uns die Hände.

»Hallo, Susan.« Obwohl ich mich nicht so fühlte, lächelte ich ihr aufmunternd zu und ging in die Hocke, um die Kinder zu begrüßen, die neben ihr auftauchten. »Hi, ich bin Samuel.«

»Das wissen wir doch.« Mia preschte lachend vor und gab mir ein High-Five. Mit ihren neun Jahren war sie schon fast zu groß, um sie gehockt zu begrüßen. Ich tat es jedoch nicht für sie. Vorsichtig wandte ich mich dem jüngeren Kind zu, welches sich halb hinter seiner Schwester versteckte. »Hallo, Jake«, sagte ich und wusste auf Anhieb, dass ich das Richtige tat. Im nächsten Moment wurde ich aus großen, dunklen Kinderaugen bestaunt. Sein skeptischer Gesichtsausdruck verwandelte sich in ein Strahlen, bei dem mir das Herz aufging.

»Aber, das ist Kate!«, sagte Mia. Doch weder Susan, noch ich gingen darauf ein.

Susan bat mich ins Haus, geradewegs in eine wunderbar gemütliche Küche. Wir setzten uns an den großen Esstisch. Mia schnatterte gelöst um uns herum, erzählte von ihren Erlebnissen aus der Schule und jubelte, als ich das mitgebrachte Kuchenpaket auf den Tisch legte.

Jake blieb still.

»Ich bin dir wirklich sehr dankbar, Samuel«, begann Susan unser Gespräch. Wir waren allein. Die Kinder hatten sich zum Spielen verabschiedet. »Vor allem, weil ich weiß, was Steve dir mit seinen Freunden in der High-School angetan hat.«

»Er hat es dir erzählt?«

»Ja, gestern Abend. Nachdem du dich für heute angekündigt hattest, haben wir geredet. Ich meine, richtig geredet«, sagte sie mit einem verschämten Lächeln.

Ich konnte sie einfach nicht begreifen. Susan war eine warmherzige Frau, die ich niemals mit einem Typen wie Steve in Verbindung gebracht hätte. Ihr herzförmiges Gesicht war kaum geschminkt, ihre Haare glänzten in einem warmen Braun und fielen ihr in großen Locken auf die Schultern, die jetzt eindeutig entspannter waren als bei unserer Begrüßung. Ich mochte sie und aus eben diesem Grund war ich hier. Ich würde ehrlich und offen sein.

»Ich bin nicht wegen Steve hier, sondern wegen Jake«, bekräftigte ich mutiger, als ich mich fühlte, griff nach meiner Kaffeetasse und wartete auf ihre Fragen.

»Ich weiß.« Langsam nickte sie mir zu. »Kannst du mir erklären, wie es sich für … ihn anfühlt, bitte.«

Ihr Stocken entging mir nicht, umso mehr freute ich mich über ihre richtige Formulierung. Mit dieser Frage hatte ich jedoch nicht sofort gerechnet. Und wie Susan mich gerade ansah, war sie wohl selbst über sich erstaunt. Ich lehnte mich auf meinem Stuhl zurück und grübelte darüber nach, wie ich beginnen sollte.

»Höllisch falsch, furchtbar beengt und absolut hilflos, so würde ich es beschreiben. Nimm eine Decke: sie wärmt, sie umhüllt, sie schenkt dir Behaglichkeit. Und nun stell dir eine schwere Decke vor, die um dich herum festgezurrt wird, bis du dich nicht mehr bewegen kannst. Du möchtest sie lösen, schaffst es aber nicht. Sie engt dich ein, zwängt dich in eine Form, in der du nicht sein willst, nie sein solltest! Sie hindert dich daran, dich frei zu bewegen, zu atmen. Sie presst dich immer stärker in eine Schablone, in die du einfach nicht gehörst – nie gehört hast! Du siehst dich im Spiegel, aber das, was du dort siehst, hat diese Decke aus dir geformt. Nichts davon bist du. Nichts! Weil du dich anders anfühlst – anders bist. Wenn du dich von dieser Decke befreist, löst sich dieser Druck um dich herum und du bist endlich der, der du wirklich bist. Du bist frei!«

Susans Augen glänzten feucht. Sie strich mit ihren Fingerspitzen kurz über meine Hand. Ich hatte sie zur Faust geballt, das war mir gar nicht aufgefallen. Zittrig holte ich Luft, lächelte ihr dankbar zu. Als ich ein Rascheln hinter mir hörte, drehte ich mich um. Steve und Jake kamen langsam zu uns.

Wie viel hatten sie von meinem emotionalen Ausbruch gehört? Gespannt wartete ich ab.

Jake krabbelte auf den Schoß seiner Mutter, lehnte seinen Kopf an ihre Schulter und beobachtete mich stumm. Steve konnte meinem Blick nicht lange standhalten, als ich ihm zur Begrüßung zunickte. Er schaute an mir vorbei und setzte sich zögerlich neben mich. Eine unangenehme Stille machte sich breit, bis Jake mich gelöst anlächelte, wobei er immer heftiger mit seinem Kopf nickte. »So ging es mir, bis ich Mum und Dad gesagt habe, dass ich Jake bin«, flüsterte er, als könnte er nicht fassen, dass jemand wusste, wie es ihm ergangen war.

Mitfühlend lächelte ich ihm zu. »Ich weiß.«

Jake staunte mich noch immer mit großen Augen an, als Steve wieder aufstand, um die Küche zu verlassen. Mia rief nach ihm.

Diese Chance wollte ich nutzen, sie war perfekt für mich. Ich griff in meine Tasche und holte meine kostbarste und gleichzeitig schmerzvollste Erinnerung an meine Kindheit hervor. Vorsichtig legte ich den Rahmen vor mich und schob ihn langsam über den Tisch.

Jake beugte sich neugierig vor.

Der Kunststoffrahmen kratzte in der Stille unangenehm laut über das Holz. Der Kloß in meinem Hals erschwerte mir das Schlucken wie immer, wenn ich einen Blick darauf warf.

Niemand kannte dieses Bild außer mir und meiner Familie. Selbst Frank und Daniel, die einzigen Männer, die jemals mein Schlafzimmer betreten hatten, wussten nichts von seiner Existenz. Auch Steve würde ich es niemals zeigen. Er hatte kein Recht darauf.

Es war ganz allein meins.

Das einzige und letzte Bild meines *falschen Ichs*.

Meine Finger konnte ich kaum vom Rahmen lösen.

Ungläubig schüttelte Susan ihren Kopf und sah zu mir auf. Tiefe Dankbarkeit erkannte ich in ihrem Blick, als sie mit ihren Lippen ein lautloses ›Danke, Samuel‹ formte. Flüchtig nickte ich ihr zu und beobachtete Jake.

Sein Blick schoss kurz zu mir, bevor er wieder mit offenem Mund auf das Bild starrte. Sein kleiner Finger tippte auf das langhaarige, blonde Kind rechts auf der Fotografie. »Bist du das?«

»Ja.«

»Du hast ein Kleid an«, stellte er fest und lächelte mir vorsichtig zu, um dann wieder hinunter auf mein falsches Abbild zu blicken.

»Ja, das stimmt«, bestätigte ich. »Das war am Tag meiner Einschulung mit meinem besten Freund. Ich sollte hübsch aussehen, also musste ich ein Kleid anziehen.«

»Aber du wolltest nicht.« Jake saß wieder zurückgelehnt an Susans Schulter.

»Nein, natürlich nicht. Ich wollte mich weigern, hatte aber gegen meine Mutter keine Chance.«

Ich zwinkerte ihm zu, nahm den Rahmen und verstaute ihn wieder in meiner Tasche. »Nach diesem Tag habe ich nie wieder Mädchenkleidung angezogen.«

Jake sah mich wissend an und nickte. Susan räusperte sich. Leise lachte sie auf. »Ich habe es verstanden, Samuel.«

Bei ihren Worten zeigte sich ein erleichtertes Strahlen auf Jakes Gesicht. Sie küsste ihn auf die Stirn und strubbelte ihm liebevoll durch sein dunkles Haar.

»Wenn ich groß bin, kriege ich dann auch so einen Bart wie du?«

KAPITEL 6

Samuel

Der Besuch hatte mich doch mehr mitgenommen, als geahnt.

Obwohl ich schon einige Male in einem Gesprächskreis meine Geschichte erzählt, auch in High-School Klassen darüber berichtet hatte, berührten mich Kinderschicksale immer besonders stark.

Sie riefen Erinnerungen in mir wach. Keine guten.

Nach Jakes Frage entspannte sich die Stimmung am Tisch spürbar. Und nachdem er wieder zum Spielen verschwunden war, sprachen wir über die nächsten Schritte: Gespräche mit der Schule waren das Wichtigste und durften nicht mehr lange aufgeschoben werden. Ein Treffen mit der Elternschaft; möglicherweise ein Schulwechsel, damit Jake dort als Jake neu starten konnte, sollte er in seiner jetzigen keine Unterstützung erhalten oder gar gemobbt werden. Adressen von guten Ärzten und Therapeuten ließ ich ihnen da. Die würden sie dringend brauchen. Wir sprachen über die Unterschiede von Transgender, weil der Begriff eher als ein Oberbegriff für sämtliche Menschen verwendet wurde, die sich einer eindeutigen Geschlechtszuordnung entzogen. Wir taten es hingegen nicht. Für uns gab es eine deutliche Geschlechtszuordnung.

Aber jeder sollte individuell für sich entscheiden, wie er leben wollte.

Auch Jake würde dies tun.

Ob mit oder ohne Operationen, für die sich die beiden verständlicherweise interessierten, entschied ganz allein er selbst.

Ich, und nur ich hatte mich nun doch für diesen Weg entschieden. Das bedeutete aber nicht, dass es auch der Richtige für Jake sein würde.

Männer und Frauen ohne die letzte geschlechtsangleichende Operation blieben für mich die größten Helden, denn sie pfiffen auf alle gesellschaftlichen Normen. Sie hörten ausschließlich auf ihr eigenes Körpergefühl – darauf kam es an.

Ich konnte es nicht.

Nicht mehr.

Auch dies versuchte ich den beiden zu erklären. Ich riet ihnen, erst einmal entspannt abzuwarten und Jake in allem zu unterstützen. Und wenn nötig, sich früh genug mit einem Arzt in Verbindung zu setzten, denn die Pubertät in einem Körper zu ertragen, der das falsche Geschlecht hat, würde für Jake die Hölle sein. Sein frühes Wissen darum, ein Junge zu sein, war für Jake, was diesen Punkt betraf, von großem Vorteil.

Dieses Horrorszenario war auch mir erspart geblieben, dem Himmel sei Dank. Meine Eltern setzten sich für mich ein, in eine neue Studie aufgenommen zu werden.

Hormone an Kinder zu verabreichen, um die biologische Pubertät zu stoppen, war damals extrem umstritten gewesen. Manche Kliniken und Ärzte sträubten sich auch heute noch dagegen.

Mit welchem Recht, fragte ich mich immer wieder.

Auch diese Problematik zeigte ich ihnen auf.

Susan und Steve waren erstaunlich gut vorbereitet. Besonders von Steve war ich positiv überrascht. Ohne seinen Stock im Arsch und ohne die Angst vor der Öffentlichkeit wirkte er um Jake sehr besorgt. Begreifen konnte er sein Kind noch nicht, aber er schien sich zu bemühen. Das war mehr, als ich ihm je zugetraut hätte.

Mit einer aufgebackenen Tiefkühlpizza und einem Glas Wasser setzte ich mich auf mein Sofa und schaltete den Fernseher ein. Lustlos verfolgte ich eine Quizsendung, ließ mich von den Stimmen einlullen und aß die Pizza, die mir gar nicht schmeckte. Ich zog mein Handy aus der Hosentasche, um Brian eine kurze Nachricht zu schreiben. Obwohl wir uns gestritten hatten, machte er sich bestimmt Sorgen um mich. Das tat er immer, wohl auch zu Recht, denn es hatte schon genug brenzlige Situationen gegeben, aus denen er mich hatte retten müssen.

Grübelnd lehnte ich mich zurück. Ich dachte an Jake und an die Gefühle, die ich in seinem Alter gehabt hatte.

Angst.

Angst war das größte davon gewesen. Angst, weil ich nicht verstand, was mit mir los war, ich nur wusste, dass irgendwas nicht passte, irgendwie bei mir nicht stimmte. Ich mochte meinen Körper nicht; er war einfach nicht meiner, aber ich verstand es damals nicht. Ich begann ihn zu ignorieren. Das war für mich die einzige Möglichkeit gewesen, mit mir zurechtzukommen. Ich fasste mich nicht an und ließ mich nicht anfassen. Ganzkörperspiegel waren für mich ein großes Problem, besonders der, der bei uns im Badezimmer hing. Ich gewöhnte mir an, mich im Dunkeln umzuziehen. Ich duschte nicht mehr, sondern badete nur noch unter Massen von Schaum. Mich abzutrocknen war eine Tortur – meine Augen ließ ich dabei geschlossen. Immer. Dies war die einzige Möglichkeit für mich, so zu tun, als gäbe es mich so nicht.

Bis ich mich eines Tages meiner Mutter anvertraute, fühlte ich mich völlig falsch, weil ich ganz anders war als die Mädchen, die ich kannte, oder als meine zwei Jahre ältere Schwester Becky. Ich konnte es nicht ertragen, Kleider anzuziehen, ebenso wie ich mich unter Tränen weigerte Badeanzüge, Nachthemden oder niedliche Mädchenunterwäsche zu tragen.

Ich verabscheute das alles – wusste aber nie, warum.

Am Schlimmsten war mein Name. Er passte nicht zu mir. Durch einen Zufall war ich mit neun Jahren endlich in der Lage, stockend in Worte zu fassen, was ich fühlte, wie ich mich fühlte und vor allem, wer ich war.

Bei Umzugsvorbereitungen fand ich ein altes Familienalbum. Es zeigte viele Bilder von meinen Großeltern und vereinzelte von meinen Urgroßeltern. Beim ersten Blick auf ein Kinderportrait meines Urgroßvaters stockte mir der Atem: Ich sah mein inneres Abbild.

Ich sah mich.

Meine Mutter nannte mir seinen Namen. Samuel. Da wusste ich es: Samuel, der bin ich.

Was jahrelang tief in mir gesteckt hatte, konnte endlich raus.

Meine Mutter verstand mich nicht. Sie suchte einen Kinderpsychologen auf, der anhand meiner wenigen, konfusen Worte erkannte, was mit mir los war.

Was mich innerlich regelrecht zersetzte.

Dr. Bohn war unsere Rettung, nicht nur für mich, sondern für meine ganze Familie. Sie verstanden es damals alle nicht, aber sie akzeptierten es. Weil sie mich liebten. Das war mehr, als ich erwarten durfte. Dies wurde mir erst viele Jahre später klar.

Und dann war da noch Jasper. Mein bester Freund, der mich mit siebzehn in ein Gefühlschaos stürzte, nur um mich Wochen später zu verraten, indem er sich auf Facebook mit seiner neuen Freundin zeigte.

Unbewusst rieb ich mir über meine weichen, ledernen Handgelenksmanschetten. Das tat ich oft, wenn ich an Jasper dachte. Ich schnallte sie ab und warf sie frustriert vor mich auf den Wohnzimmertisch.

Jasper war für mich immer besonders gewesen, unsere Freundschaft kostbar. Bei ihm brauchte ich mich nie zu verstellen, bei ihm durfte ich immer ich selbst sein.

Ich eben.

Er war nicht nur mein bester Freund aus Kindertagen, er war mein einziger Freund gewesen. Freundinnen hatte ich nie gehabt. Mit den Mädchen, die ich kannte, fühlte ich mich nicht wohl. Ich fand keine Berührungspunkte zwischen uns.

Mit Jasper war das völlig anders.

Unser Baumhaus, das wir mit meinem Vater und Jaspers Großvater bauten, wurde zu meinem Zufluchtsort. Dort oben fühlte ich mich geborgen, fern von dieser Welt, in die ich nicht passte. War Jasper da, verstand er mich ohne viele Worte. Er ertrug meine Launen, die ich mir selbst nicht erklären konnte. Er tröstete mich, wenn ich traurig war. Dabei hielt er meine Hände mit den seinen umschlossen, immer – die einzige Berührung, die ich zuließ. Stürzte ich beim Radfahren, reinigte er vorsichtig meine Wunden, bestrich sie mit antiseptischer Tinktur und verpflasterte mich sorgsam. Sein Traum war es, Arzt zu werden und die Praxis seines Vaters zu übernehmen. Das stand für ihn schon damals fest.

Als wir älter wurden, verschwieg ich ihm, wie sehr ich mich zu Jungen hingezogen fühlte, genauer gesagt zu ihm, aus Angst, er würde sich angeekelt von mir abwenden. Es sollte mein Geheimnis bleiben bis zu seinem letzten Ferienabend. Da bekam ich von ihm meinen ersten Kuss – und nicht nur das. Obwohl er mich nicht angefasst, meine Lippen nur mit den seinen berührt hatte, blieb es für mich das schönste und gleichzeitig schrecklichste sexuelle Erlebnis meines Lebens.

Heute würde ich es als unschuldig bezeichnen. Doch damals war es viel mehr für mich, weil ich in diesem Augenblick vergaß, wie ich mich fühlte: abstoßend und unfertig.

Die Erinnerung daran, wie ich mich gehen ließ, wie ich mich hemmungslos an ihm rieb, trieb mir heute noch die Schamesröte ins Gesicht. Ein paar Wochen später zu sehen, wie er freudestrahlend aller Welt seine neue Freundin präsentierte, brach mir das Herz.

Ich fühlte mich von ihm verraten. Fürchterlich verletzt.

Ich war es noch immer, nach all den Jahren.

Er hatte mich aufgegeben und ich mich danach auch.

Langsam strich ich mir über die Narben an meinem Handgelenk, spürte entsetzt, wie sich mein Brustkorb schmerzhaft zusammenzog, und holte viel zu schnell Luft.

Verdammt, nein!

Hektisch sprang ich vom Sofa, um mich abzulenken, schnappte mir meinen Teller, ging zur Spüle und konnte ihn gerade noch auf die Ablage stellen, bevor mich die Panik packte. Verzweifelt sah ich mich nach einer Tüte um, in die ich hineinatmen könnte. Aber ich fand nur den hohen, schmalen Plastikbehälter, in dem ich meine Nudeln aufbewahrte. Ich griff danach, während ich merkte, wie mir das Ausatmen immer schwerer fiel. In meiner Not riss ich versehentlich die Obstschale zu Boden. Ich drehte den Behälter um, kippte die Nudeln aus, und hielt ihn mir verzweifelt über Mund und Nase. Es war nicht perfekt, aber besser als nichts. Hilflos rutschte ich am Küchenschrank hinab, weil mich meine Beine nicht mehr trugen, hielt mit aller Macht meinen Oberkörper gerade und suchte krampfhaft nach einem geeigneten Punkt, um meine Augen darauf zu fixieren.

Bewusst versuchte ich auszuatmen, wie sie es mir nach meinem ersten Panikanfall vor vielen Jahren in der Klinik beigebracht hatten. Mein Blick blieb an dem kleinen Bild neben dem Kühlschrank kleben, während ich mich ganz auf meine Atmung konzentrierte. Ich durfte ihn jetzt nicht lösen, meine Lider nicht schließen, das wusste ich. Aber es war schon Ironie des Schicksals, denn ich sah ausgerechnet auf ein Bild von Jasper und mir.

Durch die Plastikdose hallte mein panisches Luftholen noch lauter in meinen Ohren, mein Sichtfeld schränkte sich ein, als ich plötzlich einen lauten Knall und einen Fluch hinter mir hörte. Im nächsten Moment wurde ich von vertrauten Armen an eine breite Brust gezogen. Mein Bruder schob sich hinter mich, klemmte meine Beine mit den seinen ein, umschlang mich fest und legte mir seine Hand an die Stirn. Erleichtert ließ ich meinen Kopf an seine Schulter sinken.

»Gott, Samuel, ich wusste es!« An seinem Tonfall erkannte ich seine Wut und seine Sorge.

Wie oft wir schon so dagesessen hatten, konnte ich nicht mehr zählen. Das letzte Mal musste aber schon mindestens zwei Jahre her sein.

Langsam wich meine Panik, denn Brian legte noch seine andere Hand auf meine Brust. So sicher umschlossen entspannte ich mich immer recht schnell.

»Okay, genauso, Sam, fest ausatmen«, raunte er in mein Ohr. »Du weißt, wie es geht«, schob er hinterher, bevor ich gemeinsam mit ihm immer wieder die Luft ausstieß.

Ich spürte, wie sich meine Schultern langsam entspannten, ließ sie bewusst nach unten fallen. Gleichzeitig lockerte ich den Griff um den Behälter. Als ich wieder regelmäßiger atmete, schloss ich erschöpft die Augen, ließ die Dose neben mich fallen und griff erleichtert nach Brians Hand, die noch immer auf mir lag.

»Wieder besser?«, fragte er leise, ließ mich aber nicht los, sondern strich mir meine verschwitzten Haare aus der Stirn.

Ich nickte.

»Du hast mir einen riesigen Schrecken eingejagt.«

Wieder nickte ich nur.

Brian erwartete auch keine Antwort. Er wusste, ich würde noch einen Moment brauchen, um wieder vernünftig sprechen zu können. Nass geschwitzt war ich. Das T-Shirt klebte mir unangenehm am Körper, aber Brian schien es nichts auszumachen, denn seine Umklammerung war immer noch fest.

»Es war das Gespräch bei Steve, stimmt's?«

Als ich meinen Kopf schüttelte, brummte er ungehalten, bohrte aber nicht weiter nach. Ich würde es ihm erzählen, darauf konnte er sich verlassen. Das tat ich immer – na ja, meistens.

Langsam löste ich mich aus seiner Umarmung und rutschte neben ihn, wobei ich das Chaos um uns herum betrachtete. Mein Bruder streckte sich zur Seite, um nach einem Apfel zu greifen. Er grinste mich an und biss herzhaft hinein.

»Schon praktisch, wenn man sein Obst auf dem Boden deponiert«, nuschelte er mit vollem Mund und brach in albernes Gelächter aus.

»Du bist ein Depp«, stellte ich mit kratziger Stimme fest, dankbar, dass er den Vorfall nicht dramatisierte.

»Also, was ist passiert?«

»Das Gespräch lief gut. Aufwühlend, aber gut.« Ich erzählte ihm davon.

»Warum dann deine Panik eben?«

Innerlich wand ich mich, ihm von meinen Erinnerungen zu erzählen, aber so, wie er mich ansah, kam ich wohl nicht mehr darum herum.

»Ich … musste an Jasper denken«, begann ich stockend. Die Nudeln, die in meiner Nähe lagen, schob ich nervös zu einem kleinen Haufen zusammen. Ansehen wollte ich ihn nicht.

»Ihr seid beide so dämlich«, meinte Brian daraufhin, wobei er auf das Bild an meiner Küchenwand zeigte. »Das war im Sommer, als er das letzte Mal hier war, richtig?«

Ich nickte. Anzuschauen brauchte ich es mir nicht, das Foto hatte sich in mein Hirn gebrannt. Wir klammerten uns nebeneinander an eine viel zu kleine Luftmatratze in unserem Pool und lachten uns an.

»Hast du es dir jemals genauer angesehen?« Sein Blick bohrte sich in den meinen. Als ich zu sprechen anhob, schnitt er mir das Wort ab. »Sieh euch an! Ihr seht aus wie zwei verliebte Teenager, Sam! Und du hast nach dem Abend im Fernsehraum nichts Besseres zu tun gehabt, als dich im Badezimmer zu verbarrikadieren. Du hast deinen besten Freund ohne Gruß nach Hause fliegen lassen, weil du Schiss hattest. Oder weil du dich, warum auch immer, geschämt hast, stimmt's?«

Entgeistert starrte ich ihn an. »Woher weißt du das?«

»Von Jasper! Falls du dich noch daran erinnerst: Er hat wochenlang versucht dich telefonisch zu erreichen. Wenn es nicht Jasper gewesen wäre, würde ich von Stalking reden. Glaubst du wirklich, niemand von uns hätte mit ihm gesprochen, nur, weil du nicht wolltest? Wir haben uns Sorgen gemacht. Er machte sich die schlimmsten Vorwürfe, rückte aber nicht mit der Sprache heraus, bis du dir die Rasierklingen über deine Handgelenke gezogen hattest!«

Erschrocken wich ich vor ihm zurück.

»Lass uns endlich Tacheles reden, Sam. Es wird Zeit, findest du nicht?«

Tacheles? Das konnte er haben. »Gut, wie du willst.«

»Du wolltest doch sicher nicht sterben, weil ihr an dem Abend gefummelt habt, richtig?«

»Gefummelt?«, rief ich empört und beugte mich weiter zu ihm. »Wir haben nicht gefummelt! Ich habe mich an seinem Bein gerieben, Brian. Zum ersten Mal konnte ich meine Lust nicht mehr unterdrücken, obwohl ich tierische Angst hatte, denn es war eine Lust, die ich nie haben wollte. Sie war weiblich und damit nicht meine!«

»Bullshit, sie war nie weiblich. Es war einfach nur deine!«

Ungläubig starrte ich meinen Bruder an, schlang meine Arme um meinen Körper und schüttelte frustriert den Kopf.

Er verstand es einfach nicht.

»Okay«, begann er und wühlte sich ein paar Mal durch seine Haare, bevor er leise weitersprach: »Aber warum dann dein Selbstmordversuch so viele Wochen später?«

Ich wollte nicht mehr daran erinnert werden. Wann immer ich es tat, überkam mich ein Gefühl von Verrat. Trotzig zog ich meine Beine an die Brust.

»Sam?«

»Gott, Brian, kannst du das nicht verstehen?«, murmelte ich leise, schloss kurz meine Augen und versuchte die Scham, die sich immer in mir breitmachte, wenn ich daran zurückdachte, zu unterdrücken. Es fiel mir schwer, darüber zu sprechen, auch nach all den Jahren noch. Langsam drehte ich meinen Kopf, sah zu meinem Bruder, der mir aufmunternd zunickte, und begann zu erzählen: »Ich war in Jasper verliebt, irgendwie schon immer, glaube ich. Von ihm habe ich an dem Abend auf dem Sofa meinen allerersten Kuss bekommen. Bis dahin dachte ich immer, er sei nur an Mädchen interessiert. Und plötzlich küsste er mich.

Mich, den Freak!

Ich war glücklich, Brian, obwohl ich danach geflüchtet bin. Ich weiß, ich war ein Arsch, weil ich nicht mit ihm sprechen wollte. Aber ich schämte mich fürchterlich, weil ich etwas getan hatte, was ich nie wollte. Und dann hat er nichts Besseres zu tun, als sich Wochen später eine neue Freundin anzulachen? Nachdem er mich geküsst hatte?«

»Ich verstehe nicht. Was für eine Freundin?«

»Chris«, ätzte ich, woraufhin Brian Mund und Augen aufriss. »Ja, die tolle Chris mit den schönen, langen schwarzen Haaren. Also, ich fand sie ja ein wenig zu herb, aber …«

»Stopp!«, unterbrach mich Brian laut. »Meine Güte, Sam, da hast du was missverstanden.«

»Klar, es war alles nur ein Irrtum«, giftete ich ironisch. »Und der blöde Sam sitzt in den USA und heult sich die Augen aus dem Kopf, weil er zu eklig oder nicht gut genug oder nicht mehr weiblich genug war.«

»Sam …«, begann Brian leise, verstummte jedoch gleich darauf. Kopfschüttelnd begann ich auf Knien das Obst zusammenzusuchen. Ich wollte das alles nicht hören und am wenigsten seine mitfühlende Stimme.

Mit festem Griff hielt er meinen Oberarm, als ich auf ihn zukroch. »Jetzt lass das beschissene Obst liegen und hör mir zu!«

Beeindruckt von dem Nachdruck, mit dem er sprach, setzte ich mich vor ihn.

Er schluckte ein paar Mal und schien nach Worten zu suchen.

»Chris war kein Mädchen.«

»Aber …«

»Chris heißt mit vollem Namen Christian Schulte und war mit Jasper knapp zwei Jahre zusammen.«

»Nein!«

So schnell ich konnte, robbte ich von Brian weg und wiederholte dieses eine Wort immer und immer wieder in meinem Kopf.

Nein, das durfte nicht sein!

Die Erkenntnis, meinen Freund aufgrund eines Missverständnisses von mir gestoßen zu haben, traf mich mit solch einer Wucht, dass mir übel wurde. Kalte Schauer zogen durch meinen Körper, während mir das ganze Ausmaß bewusstwurde. Als ich das Foto von ihm und Chris auf seiner Facebook-Seite entdeckt hatte, blockierte ich ihn sofort. Ich kam mir vor, als hätte er nur mit mir gespielt, als hätte er mich benutzt, um zu sehen, wie es wäre, einen halben Jungen zu küssen. Ich fühlte mich verraten und sah keinen anderen Ausweg mehr. Warum sollte ich noch leben, wenn selbst mein bester Freund, in den ich mich verliebt hatte, es nicht ertrug, mich zu küssen, und davon so abgestoßen war, dass er sich wieder ein Mädchen suchte? Mit einem Jungen wäre ich gut klargekommen, aber mit einem Mädchen? Nein, das war, als hätte er den Gedanken, mit einem Jungen zusammen zu sein, aufgegeben.

Als hätte er mich aufgegeben.

Mein hysterisches Lachen hallte durch die Küche, während mir klar wurde, wie völlig quer und absurd meine Gedanken die letzten zwölf Jahre gewesen waren.

Alles umsonst!

Die ganze Scham, der ganze Schmerz, alles umsonst!

»Oh verdammt!«, jammerte ich verzweifelt. Ich sah zu Brian, der sich betroffen über sein Gesicht strich.

»Komm schon, wenn du dich wieder beruhigt hast, erzähl ich dir alles, okay? Können wir auf einem Stuhl weiterreden, bitte?« Brian stand ächzend vom Küchenboden auf, zog sich in aller Ruhe einen Stuhl vom Tisch, setzte sich und biss in seinen Apfel. Auffordernd sah er mich an.

Schwerfällig erhob ich mich, noch völlig geplättet von den letzten Minuten, und setzte mich kraftlos zu meinem Bruder an den Tisch.

»Jasper und ich telefonieren seitdem regelmäßig. Wir treffen uns über Skype oder mailen.«

»Aber …«

»Wir sind Freunde, Sam. Und seine erste Frage gilt noch immer dir. Er hat dich nie vergessen!«

Beschämt schlug ich mir die Hände wieder vors Gesicht. Das war mir alles zu viel. Nie hatte ich mich getraut Jasper über Facebook oder Google zu suchen, aus Angst, etwas über ihn zu finden, was ich nicht wissen wollte.

Mein Herz hatte ich damals verschlossen. Wenigstens mein Gefühl für ihn wollte ich mir bewahren. Es war das Einzige, was mir von ihm noch geblieben war. Die ganzen Jahre hatte ich ihn furchtbar vermisst und jetzt sollte es so einfach sein? Ich brauchte nur meinen Bruder zu fragen?

»Warum hast du mir das nie erzählt?«

»Sam, du warst derjenige, der den Kontakt abgebrochen hat. Du warst derjenige, der nichts mehr von Jasper wissen wollte. Erinnerst du dich?«

Langsam nickte ich.

»Wie oft wollte ich dir von ihm erzählen. Aber jedes Mal, wenn ich seinen Namen in den Mund nahm, hast du abgeblockt. Jedes verdammte Mal! Außerdem war Jasper verletzt. Zu Recht. Er hatte nichts falsch gemacht. Und irgendwann bat er mich, dir unsere Freundschaft zu verschweigen.«

»Und du hast mitgemacht? Einfach so? War …«

»Einfach?«, unterbrach er mich ungehalten. »Einfach war mit dir gar nichts, um das mal klarzustellen! Du hattest dich wieder berappelt, als du aus der Klinik kamst. Du musstest zur Ruhe kommen. Und das bist du auch. Na ja, auf deine Art von Ruhe«, setzte er leiser hinzu. »Also vereinbarten Jasper und ich, es dir nicht zu erzählen, solange du nicht nach ihm fragst.

Du hast es nie getan, nie! In zwölf Jahren nicht einmal!«

Der vorwurfsvolle Blick meines Bruders war für mich kaum zu ertragen. Ich konnte es ihm nicht verdenken. Er hatte Recht, mit allem, was er sagte. Damals wollte ich nichts mehr von Jasper wissen. Betroffen lehnte ich meinen Kopf zurück und sah an die Zimmerdecke. »Wie ist es ihm ergangen?« Jetzt war sowieso alles egal.

»Beruflich gut. Nachdem er sein Abi in der Tasche hatte, studierte er wie geplant Medizin. Allerdings ist er nicht, wie von seinem Vater erhofft, in die Allgemeinmedizin gegangen, um irgendwann dessen Praxis zu übernehmen. Er macht in knapp einem Jahr seinen Facharzt für plastische und ästhetische Chirurgie.«

»Wow!«, entfuhr es mir. Ich sah zu Brian, der immer noch an seinem Apfel nagte.

»Ja, wow!«, pflichtete er mir kauend bei. »Er hat alles in der Regelstudienzeit geschafft. Na ja, du weißt ja, wie leicht es ihm immer fiel. Aber er spritzt weder Frauen die Lippen auf, noch zerrt er Falten aus irgendwelchen Gesichtern. Er hat eine Stelle in einer renommierten Klinik in München, die sich nicht nur auf Brand- und Unfallopfer, sondern besonders auf geschlechtsangleichende Operationen spezialisiert hat.«

Ungläubig beugte ich mich vor.

»Ja, Sam, du kannst dir sicher denken, warum er sich für diesen Weg entschieden hat, oder?«

Das süffisante Grinsen meines Bruders entging mir nicht.

Es war schwer erträglich.

Natürlich konnte ich das. Der Grund saß hier am Tisch und hatte sich zwölf Jahre eingeredet Jaspers Opfer zu sein.

Ich biss mir auf die Lippe.

Fest.

So fest, bis ich Blut schmeckte.

Ich brauchte diesen Schmerz jetzt dringend, sonst würde ich ausflippen.

Das war alles falsch!

Brian legte mir seine Hand auf die Schulter. Der Trost, den sie spenden sollte, war unpassend, dennoch ließ ich es zu.

»Scheiße«, entfuhr es mir gequält, bevor er weitersprach.

»Privat läuft es bei ihm nicht gut.«

Interessiert hörte ich ihm zu, als er von Jaspers Trennung berichtete.

KAPITEL 7

Jasper

»Herein«, rief ich genervt. Ich schob die Berichte, die ich noch fertigmachen musste, zur Seite und schaute zur Tür, die sich nur langsam öffnete. Paul, guter Freund und Stationspfleger, trat durch den Türrahmen. Auf einem Aktenstapel balancierte er zwei Espressotassen sowie einen Schokoriegel und deponierte diesen sachte auf meinem Schreibtisch, nachdem er die Tür mit einem vorsichtigen Kick zugedrückt hatte.

»Nervennahrung«, kommentierte er knapp und schob den Riegel in meine Richtung. Die Tassen verteilte er vor uns auf dem Tisch, setzte sich auf den Stuhl, der vor meinem Schreibtisch stand und nahm seufzend den ersten Schluck aus seiner Tasse.

»Danke. Mein Hirn ist schon viel zu leer für die ganzen Berichte, die ich noch schreiben muss«, sagte ich grummelnd, bevor ich herzhaft in die Schokolade biss. »Was gibt's?«

»Wann machst du Feierabend?«, fragte er und erinnerte mich an unsere Verabredung auf ein Bier am Abend.

»Entschuldige, ich weiß nicht, wann ich hier rauskomme. Eigentlich schon vor einer Stunde«, stellte ich nach einem Blick auf meine Uhr überrascht fest.

»Ich muss auch noch eine knappe Stunde dranhängen, Vertretung für Sonja. Also alles gut, Jasper.«

»Okay.« Müde lehnte ich mich zurück und genoss mit geschlossenen Augen meine ungesunde Mahlzeit.

»Malte ist wach, er hat nach dir gefragt.«

»Gut, ich schaue gleich mal nach ihm. Wie geht's ihm?«

»Relativ gut. Er hat ein paar Mal erbrochen. Wir vermuten, es war das

Narkosemittel. Sonst ist alles okay. Außerdem möchte dich der Chef noch sehen. Keine Ahnung, was er will«, erklärte er schulterzuckend, als ich überrascht aufsah.

»Also Chef auch noch«, murmelte ich, trank meinen Espresso aus und überlegte, was es schon wieder so Dringendes zu besprechen gab, das nicht bis morgen warten konnte. »Ich treffe dich auf Station, wenn ich fertig bin?«

»Ja, komm einfach rum.« Paul erhob sich seufzend aus seinem Stuhl, schnappte sich meine leere Tasse und verschwand leise summend durch die Tür. Grübelnd sah ich ihm nach. Paul arbeitete zu viel. Die dunklen Ringe unter seinen Augen zeugten von zu wenig Schlaf und zu viel Stress durch die vielen krankheitsbedingten Ausfälle auf Station.

Vielleicht sollten wir das Bier heute Abend ausfallen lassen, überlegte ich und machte mich auf den Weg zum Aufwachraum.

Malte lag blass im hinteren Bett auf der rechten Seite. Es schien ihm gut zu gehen. Die Kabel für Sauerstoff und Pulsüberwachung waren nicht mehr zu sehen. Sven, dem Intensivpfleger nickte ich kurz zu und trat an Maltes Bett.

»Hey«, begrüßte ich ihn leise, setzte mich auf seine Bettkante und schob den Schlauch für die Infusion ein wenig zur Seite.

Malte fuhr sich ein paar Mal mit seiner Zunge über die trockenen Lippen, lächelte und schlug langsam seine Augen auf. Seine Hände, die er unter der Decke hervorzog, legte er sich vorsichtig auf seine fest bandagierte Brust. Leise räusperte er sich und blinzelte. Gerührt bemerkte ich, wie er versuchte seine aufkommenden Tränen zurückzuhalten.

Mit eiskalten Fingern griff er nach meiner Hand.

»Danke«, flüsterte er rau, bevor er seine Augen wieder schloss.

Malte war erst neunzehn, von der Operation emotional angeschlagen und froh über jedes bisschen Halt, das wusste ich aus Erfahrung.

»Es ist okay«, beruhigte ich ihn leise. »Hat Dr. Schott schon mir dir gesprochen?«

Langsam schüttelte er den Kopf, hob seine Lider und sah mich auffordernd an.

»Die OP ist gut verlaufen. Wir haben dir eine schöne, flache, männliche Brust gezaubert.« Aufmunternd zwinkerte ich ihm zu und erkannte nicht nur Dankbarkeit, sondern vor allem unglaubliche Erleichterung, als er mir nun scheu, aber glücklich zulächelte.

»Ich habe Durst«, krächzte er.

»Du hast erbrochen. Ich kann dir noch nichts zu trinken geben, aber wir haben hier wirklich außergewöhnlich tolle Lutscher, die du haben kannst«, witzelte ich, lehnte mich über ihn zu einem Tischchen und griff mir die Packung mit den drei eingeschweißten Lemon-Sticks.

Eins hielt ich ihm an die Lippen, nachdem ich die Folie entfernt hatte. Gierig schnappte er danach und lutschte das bisschen Feuchtigkeit aus der Spitze. Es war nicht viel, aber der zitronige Geschmack würde über den ersten Durst hinweghelfen.

»Soll ich weitererzählen?«

»Ja, bitte«, nuschelte er mit dem Holzstäbchen im Mund.

»Wie schon besprochen, gibt es jeweils sichelförmige Schnitte, zulaufend zu den Brustwarzen. Der einzelne Faden liegt subkutan, also unter der Haut, damit die Narben schön fein …«

»Die Narben sind mir egal«, unterbrach mich Malte, hielt mir das Holzstäbchen entgegen und griff nach dem nächsten, das ich ihm hinhielt.

»Mir aber nicht. Dir sind sie zwar im Moment noch egal, später sollten sie aber so wenig wie möglich zu sehen sein.«

»Okay, du bist der Profi.«

»Genau«, bestätigte ich ihm lachend. »Du hast jeweils eine Drainage für das Wundwasser an beiden Seiten liegen. Die werden in ein, zwei Tagen entfernt, also Vorsicht beim Umdrehen. Solltest du Schmerzen haben, egal wo, sag Bescheid, du wirst immer Schmerzmittel bekommen. Hast du noch Fragen?«

»Ja.« Er zog den Stick aus dem Mund und legte ihn auf die Bettdecke. »Was ist mit …«, setzte er an und nickte in Richtung seines Unterleibs.

»Wie abgesprochen«, antwortete ich sofort, weil ich wusste, worauf er hinauswollte. Auch hier spürte ich deutlich seine Erleichterung. »Du hast vier kleine Schnitte auf dem Bauch, aber keine Narbe über deinem Schambein. Den Rest bereden wir morgen in Ruhe.«

»Gott sei Dank!«, flüsterte Malte, als er seine Augen wieder schloss.

Ich sammelte die Holzstäbchen zusammen und zog meine Hand langsam zurück, bevor ich mich noch einmal über ihn beugte.

»Du wirst gleich auf dein Zimmer gebracht. Maja habe ich draußen gesehen, sie wartet schon auf dich. Und ich glaube, deine Mutter ist auch da.« Wie erhofft, zauberten meine Worte ihm wieder ein kleines Lächeln auf die Lippen. Zumindest, als ich seine Freundin erwähnte. »Wir sehen uns morgen früh. Wenn irgendetwas ist, klingelst du nach einem Pfleger, okay?«

Malte nickte mir zu; seine Augen öffnete er nicht mehr. Kurz darauf döste er wieder ein.

Auf dem Flur erwartete mich eine aufgeregte Maja, Maltes Mutter sah ich nicht. Zusammen setzten wir uns in eine Nische, um in Ruhe zu sprechen.

»Wie geht es ihm?« Nervös spielten ihre Finger an ihrem Armband.

»Gut. Und die Operation ist perfekt verlaufen.« Aufmunternd lächelte ich ihr zu, um sie zu beruhigen. Erleichtert atmete sie aus und setzte sich entspannter hin. Verdenken konnte ich es ihr nicht. Maja war bei allen Vorgesprächen mit dabei gewesen, sie kannte somit die Komplikationen, die hätten auftreten können. Im Gegensatz zu Maltes Mutter, die ihren Sohn nie begleitet hatte. Aus seinen Erzählungen wusste ich, dass sie seine Entscheidung nicht akzeptierte.

»Wo ist Frau Bootz? Ich dachte, ich hätte sie gesehen. Sollen wir auf sie warten?«

»Nein!« Energisch strich sie sich eine Haarsträhne aus der Stirn. »Für sie ist es wichtiger, jetzt rauchen zu gehen, als von Malte zu hören. Wir warten nicht auf sie. Wozu auch? Es interessiert sie nicht«, stellte sie wahrheitsgemäß fest.

Betrübt seufzte ich auf. Maltes Mutter trauerte immer noch ihrer süßen Tochter nach. Sie war nicht gewillt, ihr einziges Kind als das zu akzeptieren, was es war: männlich. Sie verstand ihn nicht – sie wollte es auch nicht. Dass sie damit ihr einziges Kind nicht nur unfassbar verletzte, sondern auch auf kurze Sicht verlieren würde, war ihr noch immer nicht bewusst.

Doch Malte war nicht allein. Er hatte Maja.

»Also, beginnen wir mit der Mastektomie. Sie ist gut geworden, das kann ich jetzt schon sagen. Dr. Schott und ich sind mit dem Ergebnis sehr zufrieden und Malte wird es auch sein, da bin ich mir sicher«, sagte ich und lächelte ihr zu. Diese Operation war Malte besonders wichtig gewesen, das wusste ich. »Wie angekündigt, wird er jetzt, nach der Brustentfernung, für mindestens sechs Wochen eine Bandage tragen müssen, vierundzwanzig Stunden am Tag. Kein schweres Tragen, kein Heben, kein Sport. Nichts, was die Brustmuskulatur beansprucht. Das ist ganz wichtig! Für den Heilungsprozess und auch, damit sich die Narben nicht unnötig verbreitern, okay?« Obwohl wir das Prozedere schon in den Vorgesprächen geklärt hatten, hörte sie mir aufmerksam zu.

»Wann er wieder mit dem Sport beginnen kann, wird sich erst nach der Abschlussuntersuchung klären, richtig?«

»Genau«, bestätigte ich ihr. »Kommen wir nun zu der laparoskopischen Hysterektomie und der beidseitigen Adnexektomie.

»Sie meinen die Totaloperation?«, fragte sie irritiert nach.

»Ja, entschuldige.« Nicht zum ersten Mal warf ich aus Versehen im Gespräch mit Angehörigen mit medizinischen Fachausdrücken um mich. Aber sie schien es mir zu verzeihen, denn sie grinste mich wissend an.

»Vergessen, wie?«, bemerkte sie und brach in leises Gelächter aus. »Geht mir auch oft so, wenn mich Freunde fragen, was ich mache. Ich arbeite in der Chemie. Oder kennen sie die Begriffe *Anti-Markovnikov-Hydratisierung* und *Keto-Enol-Tauromerie*?«

»Äh, nein«, gestand ich lachend.

Ich mochte sie. Durch ihre zierliche Figur, ihr zartes Gesicht mit den großen, braunen Augen und den kurzen, dunklen Haaren wirkte sie sehr jung und zerbrechlich. Im ersten Moment neigte man dazu sie zu unterschätzen, bis sie sprach. Dann erkannte man ihre Intelligenz und spürte ihr großes Selbstvertrauen. Sie war die perfekte Partnerin für Malte. Das freute mich für ihn. Mit ihr an seiner Seite würde er die nächsten Jahre sehr viel leichter und glücklicher überstehen. Immer vorausgesetzt, ihre Beziehung hielt der Belastung einer Geschlechtsangleichung stand.

Ich erklärte ihr, wie die Gynäkologen Maltes Gebärmutter und Eierstöcke mithilfe mehrerer kleiner Schnitte in seinen Bauch entfernt hatten.

»Gas?«

»Ja, das Gas wird gebraucht, damit sich die Bauchdecke hebt und somit die inneren Organe frei liegen. Ein Schnitt für das Gas, einen für die Kamera. Die anderen, um mit den Geräten die Organe zu präparieren, damit sie durch einen ebenfalls kleinen Schnitt entfernt werden können.«

»Also hat er keine lange Narbe am Schambein?«

»Nein, hat er nicht. Wie geplant.«

»Super. Danke für alles.« Gelöst lächelte sie nun.

»Gerne, Maja. Malte wird sicher gleich auf sein Zimmer gebracht, dann kannst du zu ihm.«

Als ich mich von ihr verabschiedete, fiel mir auf, Maltes Mutter war noch immer nicht aufgetaucht.

Ich machte mich auf den Weg zu meinem Chef.

KAPITEL 8

Jasper

»Gratuliere!« Lachend hob Paul sein Glas, das uns die Bedienung schwungvoll auf den Tisch gestellt hatte, und prostete mir zu. Die Kneipe war für einen Donnerstag um diese Zeit schon überraschend gut gefüllt. Wir hatten gerade noch die letzte kleine Nische im hinteren Teil erwischt, um uns etwas ungestörter unterhalten zu können. Die Theke war restlos überfüllt mit Gästen, die auf einen Tisch warteten.

Ich musste wohl ein nicht ganz so glückliches Gesicht gemacht haben, denn Paul senkte mit irritiertem Blick sein Bier.

»Du wirst das Angebot vom Alten doch annehmen, oder?«

»Ich weiß nicht, ob das wirklich eine gute Idee ist«, gestand ich, bevor ich mit ihm anstieß und den ersten kühlen Schluck nahm.

Das Gespräch mit meinem Chef hatte sich als Angebot entpuppt, für drei Monate in die USA zu gehen. Und nicht nur einfach in die USA, sondern an das Scissors Medical Center in der Nähe von L.A. Das SMC, wie es in Fachkreisen genannt wurde, ist das beste Krankenhaus in Kalifornien für geschlechtsangleichende Operationen. Der dortige Klinikchef war ein langjähriger Freund meines Chefs, der immer wieder Ärzte aus unserem Haus einlud, ihm über die Schulter zu sehen.

»Sag mal, spinnst du?«, sagte Paul. »Du überlegst doch nicht wirklich das Angebot auszuschlagen, Jasper!«

»Ich …«

»Jetzt hör mir mal zu!«, unterbrach er mich. »Ich arbeite seit über zehn Jahren in unserem Laden. Und in dieser Zeit hat der Chef immer nur Ärzte ans SMC geschickt, die kurz vor einer Oberarztstelle standen. Du hast noch nicht einmal deine Facharztausbildung beendet! Und da überlegst du noch?« Fassungslos starrte Paul mich an.

Verdenken konnte ich es ihm nicht. Die Stelle war ein Traum für jeden Arzt, der seinen Beruf ernst nahm. Trotzdem zweifelte ich, denn ich würde damit wieder in den Dunstkreis der Familie Meyers eindringen und ganz besonders in den von Sam. Das Krankenhaus lag zwischen L.A. und Thousand Oaks, der Stadt, in der Sam lebte. Mit hundertdreißigtausend Einwohnern war sie nach amerikanischen Verhältnissen eine Kleinstadt und doch groß genug, um sich aus dem Weg zu gehen.

Eigentlich.

Nur – wollte ich das überhaupt?

Dies war die alles entscheidende Frage. Brian hatte mir bei unserem letzten Treffen über Skype von Sams Panikattacke und von ihrem Gespräch vor zwei Wochen erzählt. Endlich wusste ich, warum mein Freund damals den Kontakt mit mir abgebrochen hatte und, was noch viel wichtiger war, warum er damals versucht hatte sich das Leben zu nehmen. Vorwürfe machte ich mir, aber er hatte mir damals die Möglichkeit genommen, mich ihm zu erklären. Und natürlich machte ich mir Gedanken über Sams psychische Konstitution, sollte ich für kurze Zeit wieder in sein Leben treten. Und über meine Gefühle für ihn, die ich in den letzten Jahren gut verdrängt hatte.

»Du hast Recht«, pflichtete ich Paul bei, »eigentlich dürfte ich nicht überlegen.«

»Nein, dürftest du nicht. Deine erbetenen drei Tage Bedenkzeit waren schon dreist genug. Mich wundert, dass der Chef nicht mit einem Infarkt zusammengebrochen ist.« Theatralisch hielt sich Paul eine Hand an seine Brust und entlockte mir damit ein Schmunzeln.

Mein Chef war ein Choleriker, aber fair. Und aus irgendeinem mir unbekannte Grund hatte er an mir einen Narren gefressen. Seit meinem ersten Tag im Haus nahm er mich unter seine Fittiche. Das hatte zu Missgunst bei den anderen Ärzten geführt, bis sie bemerkten, dass ich kein Vollidiot und auch nicht auf die Hilfe des Chefs angewiesen war. Ich war nicht arrogant, aber ich wusste, was ich konnte, vor allem, wenn es um die Feinarbeit am OP-Tisch ging.

»Es geht mir um Sam.«

»Habe ich mir schon gedacht.«

Natürlich hatte er das. Wir kannten uns seit zwei Jahren und waren schnell enge Freunde geworden. Irgendwann hatte ich ihm die ganze Geschichte mit Sam und mir erzählt.

Seufzend lehnte ich mich zurück und betrachtete die vielen Menschen um mich herum. »Was rätst du mir?«

»Flieg!«

KAPITEL 9

Samuel

Acht Wochen später.

»Hallo, Sam.«

Heilige Scheiße!

Das war der Moment, vor dem ich mich seit Tagen fürchtete.

Weil ich nicht wusste, wie ich mich verhalten sollte.

Weil ich mich schämte und nicht sicher war, wie ich ihm begegnen sollte.

Seine Stimme war mit den Jahren dunkler geworden. So weich, wie er meinen Namen aussprach, zeigte er mir seine ganze Zuneigung und schnitt mir damit geradewegs ins Herz.

Mit rasendem Puls schaute ich von meinen Unterlagen auf. Noch länger hinauszögern konnte ich es nicht. Ich sah gradewegs in seine vertrauten grauen Augen. Verzweifelt hoffte ich, dass meine Gefühle für ihn nicht lesbar waren.

Ohne den Blick von mir zu nehmen, schloss Jasper die Tür, kam langsam auf mich zu, betrachtete mich und setzte sich auf den Stuhl vor meinen Schreibtisch. Zögerlich lächelte er mir zu. Seine hellbraunen Haare trug er noch immer kurz. Und so verstrubbelt, wie sie waren, sahen sie aus, als wäre er in den letzten Minuten zu oft mit seinen Fingern hindurchgefahren. Seine Gesichtszüge waren jetzt kantiger, von der Weichheit eines Siebzehnjährigen weit entfernt. Dafür sorgte zusätzlich der dunkle Dreitagebart. Was mich verblüffte, war der silberne Ring in seiner rechten

Augenbraue. So, wie ich Jasper von früher kannte, passte das gar nicht zu ihm.

Aber was wusste ich schon.

Was mich in dem Moment ritt, wusste ich jedenfalls nicht, aber ich streckte ihm einfach meine Zunge entgegen. Jaspers irritierter Blick fiel auf mein Titan-Piercing. Es entlockte ihm sein vertrautes leises Lachen. Damit war die größte Spannung verflogen, die sich in dem viel zu kleinen Raum zwischen uns breitgemacht hatte.

Unsicher erhob ich mich. Ohne Jasper aus den Augen zu lassen, ging ich wie ferngesteuert um den Schreibtisch herum und zog ihn hoch zu mir. Jegliche Illusion, über ihn hinweg zu sein, löste sich spätestens jetzt in Luft auf, da er meine Umarmung erwiderte und ich viel zu kurz seinen Körper an meinem spürte. Mit einem strahlenden Lächeln löste er sich von mir.

»Mann, Sam, es ist schön, dich wiederzusehen«, sagte er leise und schlug verlegen seine Augen nieder, bevor er seine Hände in den Taschen seiner dunkelgrünen Chinos vergrub.

Wow!

Erst da wurde mir bewusst, wie schwer es auch Jasper fallen musste, wieder hier zu sein. Seit zwei Tagen war er in der Stadt. Den Mut, zu ihm zu gehen, hatte ich nicht gehabt.

»Du siehst gut aus«, stellte ich fest und ließ meinen Blick über seine zarte Statur wandern.

Deutsch zu sprechen fiel mir nicht schwer.

Wie befürchtet, fühlte ich mich befangen. Die Leichtigkeit, die immer zwischen uns existiert hatte, war in den letzten zwölf Jahren verflogen – wie auch nicht? Das erfüllte mich mit Bedauern.

Jasper schien es ebenfalls zu spüren.

»Du auch«, bemerkte er, als er die Bilder unserer vier Läden und unserer Angestellten an der Wand betrachtete. »Ich finde es übrigens toll, dass Rosa sich tatsächlich getraut hat, ihre Backleidenschaft zum Beruf zu machen. Es passt zu ihr und zu dir.«

»Ja, na ja, ich backe nicht, ich kümmere mich um den ganzen Papierkram.«

»Ich weiß. Aber du passt verdammt gut in eure gemütlichen Cafés. Außerdem steht dir eure schwarze Kluft perfekt.«

Sein Lächeln wirkte auf mich fast melancholisch, als er ein paar Schritte zur Seite trat und die Bilder genauer betrachtete. Ich wusste, woran er dachte. Schwarze Klamotten hatte ich schon als Jugendlicher geliebt. Und so, wie er mich gerade vorsichtig musterte, war ihm klar, wer die schwarzen Hosen, Westen und Hemden für die Angestellten aus dem Service ausgesucht hatte.

»Ich würde dich gerne auf ein Bier einladen, wenn du Zeit hast.«

»Wann?«

»Wann es dir passt. Ich muss heute noch ins SMC, aber wenn das Gespräch gut läuft, sollte ich gegen 19 Uhr wieder in der Stadt sein.«

»Passt. An was hattest du gedacht?«

»Burger«, platzte Jasper lachend heraus. »Gute, echte amerikanische Burger.«

»Dann gehen wir ins *Fulham*«, entschied ich spontan. »Dort gibt es saftige Burger, leckeres Bier und Musik.«

»Gut!«

»Soll ich dich irgendwo aufsammeln oder wollen wir uns dort treffen?«

»Lass uns dort treffen. Wenn du mir die Adresse gibst, wird mich Brians Schiff dank Handy-Navi, schon sicher hinbringen, hoffe ich«, sagte er nun grinsend, weil ich mir mein Lachen nicht verkneifen konnte. Brians Auto war ein dreißig Jahre alter Cadillac, ein altmodisches Schiff, wie Jasper es treffend beschrieb.

»Mach dich nicht lustig! Ich werde mir morgen einen eigenen, vor allem kleineren Leihwagen besorgen.« Er lachte auf und ich spürte erleichtert, wie sich der letzte Rest der unangenehmen Spannung zwischen uns endgültig verflüchtigte.

Ich gab ihm die Adresse, bevor er sich mit einem kurzen Abschiedsgruß umdrehte und zögernd aus meinem Büro verschwand.

Die Situation fühlte sich surreal an. Wie vor zehn Minuten war ich alleine in meinem Büro. Und doch hatte sich in dieser kurzen Zeit etwas Entscheidendes verändert: Ich würde Jasper heute Abend wiedersehen! Ich freute mich darauf.

Zum Teufel mit all den verlorenen Jahren, der Scham und den quälenden Selbstzweifeln.

Ich wollte meinen Freund wiederhaben.

Wie ich ihm gegenübertreten sollte, wusste ich noch nicht. Für mich gab es einen großen Unterschied zwischen meinem kleinen Reich und der Öffentlichkeit.

Dass ich mir darüber Gedanken machte, verunsicherte mich sehr. Normalerweise war es mir egal, wie ich auf andere wirkte.

Nur Jasper, der war mir nicht egal.

KAPITEL 10

Jasper

Hier saß ich nun, in einem typisch amerikanischen Diner in Thousand Oaks, hörte der Musik aus der altmodischen Jukebox zu und wartete auf Sam. Nervös war ich. Nach unserem Treffen in seinem Büro wusste ich nicht, wie ich ihn einschätzen sollte. Mein kurzer Besuch war lockerer verlaufen als befürchtet. Dennoch verdeutlichte er mir, wie weit wir uns voneinander entfernt hatten. Das Gefühl, ihn nicht mehr zu kennen, betrübte mich sehr.

Der Ort hatte sich in der langen Zeit, seit ich das letzte Mal hier gewesen war, stark verändert. Viele neue Geschäfte gab es in der Innenstadt und ebenso viele neue Wohngebiete weiter außerhalb. Dass ich je wieder hier sein würde, hätte ich mir vor zwei Monaten nicht vorstellen können. Und Sam wiederzusehen erst recht nicht.

Als ich meinem Chef mitteilte, ich würde das Angebot von Professor Moore annehmen, blieb nicht viel Zeit, meine Entscheidung zu hinterfragen. Telefonate mit der Botschaft für mein Arbeitsvisum raubten mir ebenso den letzten Nerv wie die Gespräche mit meinen Eltern darüber, ob die Nähe zu Sam wirklich förderlich war. Sie hatten meine sexuelle Orientierung ohne mit der Wimper zu zucken hingenommen, trotzdem wusste ich um ihre Hoffnung, der »Ausflug« zu Christian, wie sie es nannten, würde einmalig bleiben. Sie machten noch immer Sam dafür verantwortlich, dass ich mich auch zu Männern hingezogen fühlte. Nicht ganz zu Unrecht, denn ohne die Gefühle für Sam wäre mir vieles vielleicht erst sehr viel später bewusstgeworden.

Bei Brian hatte ich Unterschlupf gefunden, weil seine Frau Lucy auf unbestimmte Zeit bei ihren Eltern auf deren Farm in Montana blieb.

Brian hatte mit der Trennung zu kämpfen, zumal er von der Entscheidung seiner Frau komplett überrascht worden war.

Am ersten Abend meines Aufenthalts ertränkten wir unseren Kummer über die Frauen in Bier und Scotch. Keine gute Idee, wie ich am nächsten Morgen feststellen musste.

In den folgenden Tagen plante er seine dringendsten Mandantengespräche vorzuverlegen. So würde er am kommenden Wochenende zu Lucy und ihrem gemeinsamen Sohn Joe fliegen können in der Hoffnung, die beiden wieder nach Hause zu holen. Für mich hieß das mindestens eine Woche alleine bei Brian wohnen zu können, bevor ich in ein Motel umzog.

Das war okay, da ich ab Montag im Scissors anfangen würde.

Ich nippte an meinem alkoholfreien Bier, als Sam das Diner betrat. Für mich kam er einer Offenbarung gleich. Ich beobachtete, wie er selbstbewusst, fast schon arrogant durch die ersten Tischreihen ging. Seine gerade Körperhaltung sowie sein hoch erhobener Kopf strahlten große Selbstsicherheit aus. Wüsste ich es nicht besser, würde ich sie ihm ohne weiteres abkaufen.

Diese in der Öffentlichkeit zur Schau gestellte Erhabenheit nannte Brian ›Sams Schutzwall‹. Jetzt sah ich ihn zum ersten Mal und der Unterschied zu unserem Treffen in seinem Büro war frappierend.

Seine schwarze, schmale Stoffhose hatte er durch eine verwaschene, hellgraue Jeans ersetzt. Das schwarze Hemd betonte seinen trainierten Oberkörper und bildete einen herrlichen Kontrast zu der leicht gebräunten Haut und den blonden Haaren. Als er mich entdeckte, blitzten mir seine grünen Augen entgegen, bevor er sich lächelnd zur Bedienung neigte, um seinen Getränkewunsch zu äußern.

Mit diesem Blick traf er mich unvorbereitet. Bei unserem Treffen heute Mittag hatte ich mich gegen die Gefühle, die ich noch immer für ihn hegte, wappnen können. Jetzt fühlte ich mich wie damals: zittrig, unsicher und völlig überrumpelt. Tief atmete ich ein, denn mit dieser Wucht hatte ich nicht gerechnet.

Sam schien öfter hier zu sein, denn die Bedienung an der Bar nickte ihm wissend zu und scheuchte ihn einfach weiter.

»Yeah, rasiert und ohne Metall!« Spöttisch hörte er sich an, als er sich mir gegenüber auf einem Stuhl niederließ.

Also Show, dachte ich betrübt, denn sein Grinsen wirkte zu strahlend und damit aufgesetzt.

»Na ja, ich wollte beim ersten Gespräch in der Klinik vernünftig aussehen, außerdem werden Piercings nicht immer gerne gesehen«, entgegnete ich, wobei ich mir fahrig über meine nun schmucklose Augenbraue strich. Ich beobachtete, wie Sam gierig den ersten Schluck Eistee aus dem Glas nahm, das die Bedienung gerade vor ihm abgestellt hatte. Gemeinsam öffneten wir unsere Speisekarten.

»Vernünftig?«, hakte Sam amüsiert nach, klappte die laminierte Karte wieder zu und schob sie an den Rand des Tisches.

»Ja, solange ich die Kleiderordnung nicht kenne, fand ich mich so eher passend. Sag mal, kannst du mir einen Burger empfehlen? Die Auswahl ist gigantisch.«

»Nimm den *Fulhams*. Doppelt Hack, ordentlich Salat und eine leicht süße Chilisoße. Ist der beste hier«, sagte er und nahm mir die Speisekarte aus der Hand, um sie zu der seinen an den Rand zu legen.

»Du bist öfter hier?«, fragte ich, während ich seine schlanke Figur betrachtete. Bei mir würde diese Mahlzeit den Kohl auch nicht mehr fett machen. Seitdem ich wieder alleine war, ernährte ich mich hauptsächlich von Fastfood oder holte mir mein Essen in der Kantine, wenn ich überhaupt Zeit dafür fand. Salat gab es da immer, aber Currywust und Co. konnte ich selten links liegen lassen. Das sah man mir inzwischen auch an. Ich hatte noch keine Hüftrolle, aber gegen Sam fühlte ich mich wie ein untrainierter Hänfling.

Egal, es war niemand in Sicht, der sich daran stören könnte. Dennoch hatte ich mir für die Zeit hier vorgenommen etwas kürzer zu treten.

Klar, Jasper, darum auch einen Burger!

Eine winkende Hand vor meinen Augen holte mich aus meinen Gedanken. Sam saß vor mir, strahlte über das ganze Gesicht und ließ damit meinen Herzschlag in die Höhe schnellen, denn in diesem kurzen Augenblick erhaschte ich einen Blick auf den Sam von heute Mittag. Leider verflüchtigte sich dieser Eindruck wieder, als er sich lässig mit verschränkten Armen zurücklehnte.

»Nein, ich bin nicht öfter hier«, antwortete er. »Verdammt, Jasper, du hast dich überhaupt nicht verändert.«

Sam brachte mich aus dem Konzept. Mehr, als ich zugeben wollte. Nicht nur durch seine Anwesenheit, sondern auch durch seinen Auftritt vor mir, den er meisterlich zelebrierte. Enttäuscht schüttelte ich innerlich den Kopf.

»Immer noch so oft in Gedanken wie früher.«

»Mmh …«, bemerkte ich ertappt.

Eine rothaarige, für meinen Geschmack viel zu stark geschminkte, Bedienung tauchte neben uns auf. Mit einem abfälligen Blick drehte sie sich zu Sam und grinste fies. »Na, Samuel, endlich mal wieder was Neues gefunden?«

Ich verschluckte mich fast an meinem Bier. *Na holla, was war das denn? Wenn* ich es nicht besser wüsste, würde ich auf Eifersucht tippen. Aber das konnte ich bei Sam definitiv ausschließen.

»Tja, Viv, du weißt doch, neue Löcher wollen auch gestopft werden.« Feixend zeigte er ihr seinen Mittelfinger.

Im selben Moment fiel Sams Hand auf meinen Arm. Mir stockte der Atem. Den Blick, den er mir dabei zuwarf, interpretierte ich als Warnung. Mit einem überheblichen Lächeln konzentrierte er sich wieder auf unsere Bedienung.

Geschockt wich ich zurück. Nicht nur, weil seine Finger immer fester meinen Arm umfassten, sondern auch, weil ich Sam so noch nie erlebt hatte: zynisch, abwertend und kalt.

Vor mir saß ein Fremder.

Gleichzeitig kochte beißende Wut in mir hoch, denn mit seinem Spruch outete mich Sam nicht nur vor einer wildfremden Person. Er zog mich damit in den Schmutz.

Vivian, so hieß sie laut Namensschild an ihrer Bluse, wandte sich ab. Was die zwei sich noch gegenseitig an den Kopf geworfen hatten, war an mir vorbeigegangen. Ich war zu entsetzt, um zuzuhören.

Es interessierte mich auch nicht.

Ich wollte raus hier.

Sofort!

Hektisch wühlte ich in meiner Hosentasche nach Geld, als Sam seinen Griff um meinen Arm verstärkte. »Jasper, entschuldige, aber …«

»Lass mich sofort los!«, zischte ich.

Sam riss seinen Arm zurück, als hätte er sich verbrannt. Ihm schien bewusst zu sein, wie wütend ich war, denn sein Blick klebte nun flehend an meinem.

»Jasper, bitte …«

»Ich gehe!« Schnell warf ich zehn Dollar auf den Tisch und schob mich aus der Nische. »So kenne ich dich nicht und so möchte ich dich auch nicht kennen, Sam.« Ich beugte mich noch näher über ihn, bis sich unsere Nasen fast berührten. »Ich bin kein Loch«, fauchte ich leise, weil ich sonst an dem Satz erstickt wäre. Zügigen Schrittes strebte ich dem Ausgang entgegen und wühlte nach den Zigaretten in meiner Hosentasche.

Draußen angekommen, zündete ich mir mit zittrigen Fingern eine an, ging zum Wagen, stützte mich mit beiden Händen am Dach ab und holte erst einmal tief Luft.

Was war da eben passiert?

Ich wusste um seine depressiven Phasen. Von seinen schlimmen, wirklich schlimmen durchzechten Nächten in den einschlägigen Clubs in L.A., wo er sich völlig betrunken und zugedröhnt von den Kerlen hatte benutzen lassen. Brian hatte ihn immer wieder über Handyortung gefunden und zu Hause aufgepäppelt, weil sich Sam weigerte in eine Klinik zu gehen.

Er hatte mir auch von Sams oft unnahbarem Auftreten in der Öffentlichkeit erzählt.

Eben diese Mauer hatte ich eben in Vollendung gesehen.

Fassungslos schlug ich aufs Autodach, weil ich es einfach nicht glauben konnte – vielleicht auch nicht glauben wollte.

Mein Sam war warmherzig, freundlich, empathisch, auch durchaus in der Lage, mit Worten treffsicher auszuteilen, aber das!

Meinen Sam gab es nicht mehr, wurde mir schmerzvoll bewusst.

»Scheiße!«, brüllte ich frustriert und ließ meinen Kopf hängen. Dass ich mit meinem Ausbruch eine vierköpfige Familie verschreckte, bekam ich nur am Rande mit. Was ich mitbekam, waren die vielen Autos, die auf dem Highway Richtung L.A. vorbeirauschten. Die Hitze, die mir den Schweiß aus allen Poren trieb. Den Staub und Kies unter meinen Füßen, der nach Benzin und Öl roch. All das nahm ich wahr, während ich mich bebend vor Wut mit geschlossenen Augen an Brians Wagen abstützte. Und all das fühlte sich so verdammt falsch an.

Aufgebracht sog ich an dem Filter.

Ich sollte nicht hier sein, schoss es mir durch den Kopf.

Ich sollte in München sein, mich mit den Freunden treffen, die mir nach der Trennung von Lena geblieben waren. Mit ihnen in einer Kneipe sitzen und ein kühles Weizenbier trinken. Stattdessen stand ich auf einem verschissenen Parkplatz, stützte mich ab an einem amerikanischen Schlitten, der mehr Benzin schluckte, als man tanken konnte und regte mich über einen Mann auf, von dem nur noch ein Schatten übrig war.

Bevor ich meine Zigarette austrat, nahm ich noch ein paar tiefe Züge und versuchte mich zu sammeln. Ich kramte nach den Autoschlüsseln, schloss auf, warf mich auf den Sitz und zog die Tür zu. Mit zurückgelegtem Kopf starrte ich an den fleckigen Autohimmel, als plötzlich die Beifahrertür aufgerissen wurde und Sam sich neben mich auf den Sitz schob.

Ich wollte ihn nicht sehen.

Ich wollte auch nicht hören, was er mir zu sagen hatte, dafür war ich viel zu aufgebracht.

»Jasper, bitte, lass es mich erklären.«

»Du kannst dir deine Erklärung sonst wo hinstecken!«, blaffte ich ihn an. »Wie kannst du nur, Sam? Wie kannst du mich vor einer fremden Person nur so abwertend betiteln? Das ist wirklich das Letzte!« Ich beugte mich über ihn und stieß seine Tür auf. »Raus!«

»Nein!«

»Sam!«

Er zog die Autotür wieder zu, strich sich über seinen kurzen Bart und lehnte sich in aller Seelenruhe mit verschränkten Armen mit dem Rücken an die Tür.

Aufgebracht war er, das konnte ich sehen, aber nicht wütend. Vielmehr machte er den Eindruck, als wäre er selbst erschrocken über das, was sich hier gerade zwischen uns abspielte.

»Bitte, lass es mich erklären. Danach gehe ich freiwillig, okay?«, sagte er. Die Kälte, die er im Diner ausgestrahlt hatte, war verschwunden, bemerkte ich.

Was sollte ich darauf sagen? Ich konnte nicht aussteigen und zu Fuß nach Hause gehen, dafür war der Weg viel zu weit. Ich versuchte mich zu beruhigen.

Sams flehenden Blick auf mir, ahmte ich seine Haltung nach, lehnte meinen Kopf ans Fenster und forderte ihn mit einem Nicken auf anzufangen.

»Vivian ist die Schwester eines Mannes, mit dem ich vor knapp einem Jahr zusammen war.«

Es schien Sam schwer zu fallen, darüber zu sprechen, denn sein Blick irrte durch das Innere des Wagens, anstatt auf meinem Gesicht zu verweilen.

»Warum sind wir dann überhaupt hier?«, fragte ich ungehalten. »Wenn du nicht daran erinnert werden wolltest, hätten wir auch in einem anderen Diner einen Burger essen können.«

»Ich wusste nicht, dass sie hier arbeitet. Aber darum geht es jetzt nicht, Jasper.«

»Okay, du hast Recht, weiter!«, forderte ich.

»Ich war mit Frank etwa sechs Monate zusammen. Na ja, was man zusammen sein nennen kann. Es war eher eine On/Off-Beziehung«, erklärte er und sah mich endlich an. »Allerdings exklusiv für mich und ich dachte, Frank würde das ebenso sehen. Tat er aber nicht. Das musste ich eines Abends feststellen, als ich verspätet in einem Club auftauchte, in dem wir uns verabredet hatten.«

»Sam«, unterbrach ich ihn, weil ich wollte, dass er endlich auf den Punkt kam. Außerdem kannte ich einen Teil der Geschichte schon von Brian.

»Lass mich ausreden, bitte!«, forderte er mich auf.

»Okay.«

»Jedenfalls machte er da mit einem anderen Kerl rum. Das haute mich um, weil ich dachte, dass das mit uns doch etwas Festes werden könnte. Ich glaubte, es würde ihm etwas an mir liegen«, schob er leiser hinterher.

»Sam …«, begann ich wieder, doch Sam hob eine Hand, um mich zu stoppen.

»Wir stritten an dem Abend in der Bar – heftig. Ich forderte ihn auf am nächsten Tag seine Sachen aus meiner Wohnung zu holen. Was er auch tat, mit seiner Schwester zusammen. Als ich ihn zur Rede stellte, warf mir Vivian den Satz ins Gesicht, den du eben gehört hast.«

»Seine Schwester hat das zu dir gesagt?« Fassungslos starrte ich ihn an.

»Ja. Kannst du dir vorstellen, wie ich mich da gefühlt habe?«

Jetzt sah ich nur noch Schmerz, der aus ihm hervorbrach, während er in sich zusammensackte. »Wieder ein Kerl, der sich nicht vorstellen kann mit mir, dem Freak, in einer richtigen Beziehung zu leben.«

»Sam, ich glaube nicht, dass es daran liegt, dass du ein Transmann bist«, sagte ich vorsichtig. »Und hör bitte auf, dich selbst als Freak zu bezeichnen.«

Für mich waren seine gewählten Partner ganz einfach die falschen. Es waren Männer mit einer bestimmten Vorliebe. Was ganz natürlich war, aber völlig unpassend für Sam. Fieberhaft überlegte ich, wie ich ihm meine

Einschätzung, die ich schon Jahre hegte, verständlich machen konnte und entschied mich dafür, ehrlich zu sein: »Ich glaube eher, du suchst dir unbewusst die falschen Männer aus, um dir diese fixe Idee immer wieder selbst zu bestätigen.«

Kaum hatte ich es ausgesprochen, wurde mir klar: Ich hatte Brian damit verraten.

»Woher willst du denn wissen, was ich mir für Männer aussuche?«, fragte er, um im nächsten Moment zu begreifen. »Brian!«, flüsterte er und beobachtete mich mit alarmiertem Blick.

»Ja«, bestätigte ich.

»Aber …«

»Sam, Brian ist dein Bruder! Kein Sozialarbeiter oder Psychologe.« Ich war ungehalten. Jetzt war sowieso alles zu spät. »Hast du wirklich geglaubt, er ginge einfach schlafen, nachdem er dich immer wieder aus irgendwelchen Clubs schleppen musste? Halb bewusstlos vom Alkohol und irgendwelchen Pillen, die du dir reingezogen hattest! Er brauchte jemanden, dem er sich anvertrauen konnte.«

»Aber dich?«, fragte er. »Ausgerechnet dich?«

»Warum nicht ich?«

»Du bist auch kein Fachmann, Jasper!«

»Nein, aber ein Freund!« Das alles kam mir nur noch sinnlos vor. Ich hatte vorgehabt mit Sam einen entspannten Abend bei Bier und Burger zu verbringen und nicht mit ihm in einem auf gefühlte 100 Grad aufgeheizten Auto zu sitzen und zu streiten.

»Ach«, sagte Sam nun herablassend, als er sich näher zu mir beugte, »ein Freund, der jetzt auch schon Doktor der Psychologie ist, oder was?«

»Nein, natürlich nicht. Aber ich bin auch kein simpler Chirurg, der in einem fünfminütigen Gespräch seinem Patienten erklärt, wie eine Blinddarmoperation abläuft. Ich sehe jeden Tag Menschen, für die das, was ich tue, existenziell ist! Mit denen ich über Wochen, manchmal über Monate vorher zusammensitze und rede. Das müsste dir doch wohl klar sein!«

»Und deshalb bist du zu dem Schluss gekommen, ich würde mir die falschen Männer aussuchen? Aus tausenden Kilometer Entfernung? Bravo, ganz starke Leistung!«

Beide saßen wir wieder zurückgelehnt an unseren Türen. Starrten uns an. Maßen uns mit unseren Blicken. Es war zum Verzweifeln. Ich suchte nach irgendeiner Regung in Sams Gesicht, die mir zeigte, dass er verstand, was ich ihm gerade an den Kopf geworfen hatte. Aber da war nichts.

Nichts!

Vielleicht musste ich noch deutlicher werden. Seufzend fuhr ich mir mit den Händen übers Gesicht, bevor ich ruhiger weitersprach: »Ich habe das Gefühl, du definierst dich wieder nur über deinen Unterleib.«

Sam lachte kopfschüttelnd auf.

Diesmal hob ich meine Hand, als er mir ins Wort fallen wollte. »Früher war es der Schwanz, der dir fehlte, um dich komplett zu fühlen. Ich dachte, über diese irrwitzige Idee seist du längst hinaus? Du reduzierst dich tatsächlich wieder ausschließlich darauf?«

»Nein! Nicht ich tue das, es sind die anderen, die mich darauf reduzieren.« Leise kam dieser Satz.

Die Traurigkeit in seiner Stimme berührte mich und schnitt mir ins Herz. So wollte ich Sam nicht sehen. Von seiner Mauer war für mich nichts mehr zu spüren. Neben mir saß ein zutiefst verletzter und gequälter Mann.

Und da waren wir wieder bei meiner Theorie mit den falschen Männern.

»Das mag schon sein«, sagte ich vorsichtig, »aber vielleicht nur, weil sie spüren, dass du es auch immer noch tust. Himmel, Sam, du bist doch so viel mehr! Du bist ein intelligenter Mann, hast einen wunderbaren Job. Du hattest Träume, du wolltest einen Partner finden, mit dem du glücklich sein kannst. Das weiß ich alles von Brian.«

»Du hast keine Ahnung.« Resigniert schloss er die Augen und lehnte seinen Kopf an die Scheibe.

»Nein, habe ich vielleicht nicht. Aber ich frage mich die ganze Zeit, wo der Sam ist, den ich mal kannte.«

»Den unsicheren Samuel gibt es schon lange nicht mehr, jedenfalls nicht in der Öffentlichkeit«, stellte er trotzig fest.

»Ja, du warst unsicher, aber doch nicht nur! Du warst einfühlsam, freundlich, trotz deiner quälenden ersten Zeit auf der High-School positiv, aufgeschlossen …«

»So hast du mich gesehen?« Sam beugte sich zu mir und legte seine Hand auf meinen Arm.

Warum zweifelt er noch immer an sich?, fragte ich mich betroffen. »Ja, für mich warst du der liebenswerteste Mensch, den ich kannte. Ich ha…«

Mehr sagen konnte ich nicht, denn Sam küsste mich.

Mein erster Impuls war auszuweichen, doch dieser Kuss fühlte sich viel zu gut an. Seine Lippen waren warm, seine kurzen Barthaare erstaunlich weich an meiner Haut. Ich ließ es geschehen, gab mich dem schönen Gefühl hin, Sam wieder zu küssen. Sein zustimmender Laut, als ich meinen Mund für seine Zunge öffnete, ließ mein angeschlagenes Herz stolpern. Vorsichtig legte ich ihm meine Hand in den Nacken, nicht sicher, ob ich ihn berühren durfte. Streichelte ihm zärtlich durch sein Haar und genoss Sams Piercing an meiner Zunge. Es war ein ungewohntes, unglaublich schönes Gefühl.

Sam wieder zu küssen war wunderbar, doch leider viel zu schnell vorbei, denn er zog sich langsam von mir zurück. Heftig atmend schauten wir uns an. Sams Augen blitzten auf, während er sich auf seinem Sitz zurücksetzte, die Beifahrertür öffnete und ausstieg.

Wie jetzt?

»Sam, du kannst jetzt nicht einfach so gehen!«

Er beugte sich zu mir herunter.

»Danke, Jasper«, sagte er leise und ließ mich verwirrt zurück.

KAPITEL 11

Jasper

Frustriert warf ich einen Blick in den Aschenbecher neben mir und zählte: elf!

Elf Zigaretten, geraucht in einer Nacht, die einfach nicht enden wollte. Trotzig zündete ich mir die nächste an, inhalierte und entließ den Rauch, der mir schon lange nicht mehr schmecke, langsam in die Dunkelheit. Den Teller mit dem Sandwich auf meinem Schoß ignorierte ich schon seit Stunden. Obwohl ich seit dem Mittag nichts mehr gegessen hatte, verspürte ich keinen Hunger. Das viele Nikotin und die Cola, die ich dazu trank, verhinderten dies.

Mein Wiedersehen mit Sam hatte ich mir anders erhofft. Wie, wusste ich nicht, aber nicht mit solch einem bedrückten Gefühl in meinem Bauch.

Sam war ein hochemotionaler Mensch. Schon als Kind trug er sein Herz auf der Zunge. Aber diese Wut, dieser unbändige Zorn, gepaart mit seiner Verletzlichkeit und Traurigkeit, berührten mich sehr und ließen mich hilflos zurück.

Noch immer.

In den letzten Jahren musste einiges mehr mit Sam passiert sein als das, wovon mir Brian berichtet hatte, da war ich mir sicher. Sam machte den Eindruck, als würde er permanent um sich schlagen. Als ob er es tun müsste, weil er sonst an sich und seiner Situation zu Grunde gehen würde.

Es war erschreckend.

Mit dieser Wucht hatte ich nicht gerechnet. Und auch nicht damit, mich gleich am ersten Abend mit ihm in einem Auto zu streiten. Und schon gar nicht damit, ihm die Gedanken mitzuteilen, die ich mir in den letzten Jahren über ihn gemacht hatte.

Seufzend drückte ich meine erst halb gerauchte Zigarette aus und biss nun doch lustlos in mein Putensandwich.

Es schmeckte wie früher, stellte ich überrascht fest und genoss den Geschmack des amerikanischen Honeymustards. Das Aroma des Jim Beam darin weckte Erinnerungen. Erinnerungen mit Sam an meiner Seite. Unbeschwert waren sie nie gewesen, doch unglaublich kostbar.

Kauend blickte ich in die beginnende Morgendämmerung.

Wie es mit Sam weitergehen sollte, wusste ich nicht. Die Entscheidung, wieder hierher zurückzukommen, hatte nicht nur mit der Trennung von Lena zu tun, sondern auch mit Sam, natürlich. Von ihm hatte ich mich nie ganz lösen können – nicht lösen wollen.

Ihn so verändert wieder zu erleben war entsetzlich. Sam war nie verletzend gewesen, vor allem mir gegenüber nicht. Für den Spruch, den er der Kellnerin in meinem Beisein entgegengeschleudert hatte, erwartete ich noch eine Entschuldigung von ihm. Besonders für die Art, wie er es getan hatte: nicht, um sich zu verteidigen, sondern bewusst und sehr berechnend.

Ihm musste doch klar gewesen sein, wie sehr er mich damit traf.

KAPITEL 12

Samuel

Weg!

Das war mein erster Gedanke gewesen, als ich an dem Abend zu meinem Wagen lief. Ich wollte nur noch weg. Jasper sitzen zu lassen war nicht fair, aber weiterhin mit ihm in diesem viel zu engen Auto zu bleiben, hätte ich nicht länger ertragen können.

Erst Vivian, die ich in dem Restaurant nicht erwartet hatte, danach der furchtbare Streit mit Jasper und dann, wie aus dem Nichts, sein Geständnis, welches mich völlig überrumpelt hatte. Ihn mit einem Kuss zu stoppen, war spontan gewesen. Die wiedererwachten Gefühle, die der Kuss in mir ausgelöst hatte, ließen mich hilflos flüchten.

Wie damals.

Unser Streit hatte mich aufgewühlt. Wie sollte er auch nicht? Jaspers Erklärung erschreckte mich. Sollte er tatsächlich Recht haben mit seiner Behauptung? Suchte ich mir unbewusst immer wieder die falschen Männer aus, weil ich mich selbst als unzulänglich ansah?

Immer wieder und immer noch!?

Seit Tagen grübelte ich deprimiert über genau diese eine Frage nach. Sie quälte mich. Sollte das stimmen, hätte ich nicht nur lange Jahre vergeudet, sondern mir selbst auch viel Schmerz und Zweifel ersparen können.

Als auch nach mehrmaligem Klingeln niemand öffnete, ging ich um das Haus meines Bruders herum und lehnte mich an die Hauswand zum Garten. Jasper musste zu Hause sein, das hatte mir der Leihwagen in der Auffahrt gezeigt. Der schwarze BMW passte sehr viel besser zu ihm, fand ich.

Jasper lag schlafend auf einer Liege unter dem schattenspendenden Terrassendach. Er schenkte mir einen unbeobachteten Moment, ihn in Ruhe zu betrachten.

Ich mochte, was ich sah.

Jasper war auf eine unspektakuläre Art attraktiv. Seine kurzen Haare waren mit wenig Gel gestylt. Sein ebenmäßiges Gesicht mit der geraden Nase, den geschwungenen Augenbrauen und dem sinnlichen Mund sprachen mich an. Sein Körper war weder besonders durchtrainiert noch auf andere Weise auffallend, aber dennoch sehr ansprechend. Irgendwie passte bei ihm alles auf natürliche Weise zusammen, schon immer.

Leise überbrückte ich die wenigen Meter zu ihm. Ich rettete das leere Glas, welches in gefährlicher Schieflage von seinem Bauch zu rutschen drohte, und ging ins Haus, um mir etwas zu trinken zu holen.

Mit einem Glas Wasser setzte ich mich leise auf einen Gartenstuhl und schloss für einen Moment die Augen. Entspannung war für mich seit Tagen ein Fremdwort. Meine innere Unruhe war ein Alarmzeichen, deshalb musste ich mit Jasper sprechen, um unseren Streit aus der Welt zu schaffen. Ihn schlafend vorzufinden gab mir noch ein klein wenig Schonfrist. Spätestens nach einem hitzigen Telefonat mit meinem Bruder war mir klar, dass ich mich bei Jasper noch mal entschuldigen musste. Jetzt, wo er für drei Monate hier war, wollte ich wenigstens unsere Freundschaft retten. Auf mehr wagte ich kaum zu hoffen, denn dafür hatte ich zu viel zwischen uns zerstört. Von meinem Bruder wusste ich, wie sich Jasper über sein Geständnis im Auto die schlimmsten Vorwürfe machte. Musste er gar nicht. Ich hatte durchaus jemanden gebraucht, der mir aus einer neutralen Ecke den Spiegel vors Gesicht hielt.

»Wie spät ist es?« Jasper drehte sich zu mir, strich sich verlegen durch seine Haare und setzte sich langsam auf.

»Halb acht«, antwortete ich nach einem Blick auf mein Handy.

»Mmh …« Jasper erhob und streckte sich, um gleich darauf durch die Terrassentür im Haus zu verschwinden. »Hast du Hunger?«, hörte ich ihn rufen und in der offenen Küche mit Geschirr klappern.

»Nein, eigentlich nicht«, sagte ich, als er eine gefüllte Salatschüssel, Dressing, Teller sowie Besteck auf den Gartentisch stellte. Er begann den Salat auf unsere Teller zu verteilen. Meine Antwort hatte er entweder nicht gehört oder er ignorierte sie.

»Stressigen Tag gehabt?«, erkundigte ich mich.

Jasper nickte nur. Meinem Blick wich er aus.

Da beugte ich mich zu ihm, um seine Hände festzuhalten, die viel zu nervös über den Tisch flogen. »Hey, beruhige dich. Ich bin hier, um mich bei dir zu entschuldigen, nicht, um dich zu verunsichern.«

Leise lachte er auf, zog seine Hände aus den meinen zurück und lehnte sich zurück in seinen Stuhl.

»Ob du es glaubst oder nicht«, begann er und schaute mich endlich an, »du verunsicherst mich alleine schon, indem du hier sitzt.«

»Tue ich das?« Ich war verblüfft ob seiner Ehrlichkeit. Etwas, das ich nicht oft erfuhr.

Nervös rieb er sich mit den Händen über seine Oberschenkel. »Ja.«

»Warum?«

»Weil ich mich auch bei dir entschuldigen müsste und das möchte ich hiermit tun.«

»Wofür?«, fragte ich verwundert und goss Salatdressing über meinen Salat, den ich eben noch gar nicht hatte essen wollen.

»Ernsthaft, Sam, das musst du wirklich fragen? Wie du im Auto vortrefflich formuliert hast: Ich habe mir angemaßt, mir über dich eine passende Theorie zurechtzulegen. Das steht mir nicht zu.«

So, wie Jasper jetzt auf seinem Teller herumstocherte, schien es ihm wirklich leid zu tun.

»Es ist okay. Vielleicht habe ich das gebraucht.«

»Wie jetzt? Du lässt mich vom Haken?«

Erstaunt über mich selbst nickte ich ihm zu.

Während wir aßen, erkundigte ich mich nach seinem ersten Tag in der Klinik.

»Ich habe das Gefühl, als hätte ich heute mindestens fünfhundert Leuten die Hand geschüttelt. Das Scissors ist riesig im Gegensatz zu unserer Klinik. Außerdem verhält sich Professor Moore wie ein Gockel. Daran muss ich mich erst einmal gewöhnen.«

»Ein Gockel?« Amüsiert lachte ich auf.

»Ja, er läuft durch die Flure, als wäre er der König, der von seinen Untertanen absoluten Gehorsam erwartet. Sämtliche Ärzte und Pfleger, die ich heute kennengelernt habe, verhalten sich in seiner Gegenwart beflissen, geradezu unterwürfig. Das ist neu für mich.«

»Ist dein Chef in München anders? Ich dachte immer, solch ein Verhalten sei normal in euren Kreisen?«

»In unseren Kreisen? Was meinst du damit?« Spöttisch zog er seine rechte Augenbraue in die Höhe. Dieses Kunststück hatte er schon als Kind beherrscht.

»Ist es nicht immer so? Der Chef im weißen Kittel schwebt über die Flure und alle anderen buckeln?«

Leise lachte Jasper, während er sein Besteck ablegte. »Ich weiß ja nicht, woher du das hast, aber ohne uns andere, wie du eben treffend gesagt hast, würde nichts laufen. So sieht's aus!«

Endlich machte er einen entspannteren Eindruck. Gut.

Während wir aßen, plätscherte unser Gespräch dahin. Ich erzählte von unseren Läden, meiner Arbeit, den verrückten Vorlieben unserer Kunden, wenn es um Kaffeewünsche ging. Von meiner Schwester Becky, die viel zu selten nach Hause kam, weil sie seit zwei Jahren mit ihrer Familie in Boston lebte. Von meinen wenigen Freunden und von Eve, meiner Freundin aus der ehemaligen Gruppe des Scissors. Jasper berichtete von seinen vielen Jahren an der Uni, seinen Großeltern, deren Haus sie vor ein paar Monaten ausräumen mussten, und wie es ihm die letzten Jahre ergangen war. Zwischendurch räumten wir den Tisch ab und saßen nun bei Wasser und Kaffee entspannt in unseren Stühlen.

»Dann wolltest du tatsächlich heiraten?«, fragte ich nach, nachdem Jasper von Lena erzählt hatte. Der Gedanke daran versetzte mir einen unerwarteten Stich.

»Ja«, sagte er traurig lächelnd. »Ja, das wollte ich.«

»Und, hat sie Recht?« Ich erkannte meinen Fehler, als Jasper sich ruckartig aufsetzte.

»Nein, hat sie nicht! Ich habe sie geliebt. Warum sollte mir da ein Mann fehlen?«

»Hey, ganz ruhig.« Entschuldigend hob ich meine Hände.

»Warum glaubt das eigentlich jeder? Warum ist das so schwer zu verstehen? Du bist schwul. Wenn du mit einem Mann zusammen bist, fehlt dir da ein anderer?«, fragte er angegriffen.

Ja!, hätte ich am liebsten gerufen, aber es ging hier nicht um mich. Es ging um Jasper, der nun mit zusammengepressten Lippen an mir vorbeistarrte.

Vielleicht sollte ich gehen, überlegte ich. Unsere gelöste Stimmung hatte ich mit meiner unüberlegten Frage ruiniert.

»Entschuldige«, sagte er nach einer Weile, als ich gerade entschied, mich zu verabschieden. »Aber darauf reagiere ich immer wieder allergisch. Ich habe es nicht persönlich gemeint, Sam.«

»Ich weiß. Die Frage war auch eigentlich ganz anders gemeint.«

»Aha. Wie denn?«

»Na ja«, begann ich nun vorsichtiger. »Ist es nicht eher kompliziert, wenn man sich in verschiedene Geschlechter verlieben kann?«

»Kompliziert?«

»Ja, ich meine …« *Herrgott, Samuel! Komm zu Potte.*

Jasper schien zu begreifen, denn sein Mund verzog sich zu einem wissenden Grinsen. Das Grübchen in seiner rechten Wange, welches sich jetzt zeigte, war mir vertraut und ließ mich an früher denken.

»Oh Sam, jetzt lass ich dich nicht mehr von der Angel«, meinte er begeistert. »Es geht dir um den Sex, richtig?« Er beugte sich zu mir über den Tisch und sah mir geradewegs in die Augen. Sie blitzten übermütig. »Frag mich!«

Erst jetzt wurde mir bewusst, dass wir uns früher nie über dieses Thema unterhalten hatten. Jasper hatte mir damals von seiner ersten Freundin erzählt, mit der er ein paar Monate zusammen gewesen war, bevor er uns besucht hatte. Aber ins Detail gegangen waren wie nie. Was mit Sicherheit meiner Situation geschuldet war. Hemmungen, darüber zu sprechen, schien er keine zu haben.

»Deine ersten sexuellen Erlebnisse hattest du mit einem Mädchen, stimmt's?«, fragte ich, um mich langsam heranzutasten.

»Hmhm«, bestätigte er und nippte an seinem Kaffee.

»Und danach warst du mit Christian zusammen.« Ich musste mich zwingen, den Namen ruhig auszusprechen.

»Nein, das stimmt nicht«, sagte er leise und lächelte mir zu. »Danach war ich mit dir zusammen, jedenfalls diesen einen Abend.«

»Aber …«

»Weißt du, Sam«, begann er, setzte sich aufrechter hin und blickte mich offen an. »Ich hatte mich in diesen Wochen Hals über Kopf in dich verliebt. In dem Moment, als du mich am Flughafen umarmtest, wurde mir klar, dass irgendwas anders war.«

»Was?«, rief ich ungläubig.

»Ja, durch dich habe ich erst bemerkt, dass ich mich auch zu Männern hingezogen fühle. Klar, zuerst hat es mich irritiert, aber es fühlte sich richtig an.«

»Zu Männern?« Aufgewühlt setzte ich mich auf. »Ich war damals aber kein Mann, ich …!«

»Natürlich warst du einer!«

»Nein, ich war …«

»Gott, Sam«, unterbrach er mich nun ungehalten. »Ob du es glaubst oder nicht, aber ich habe schon viele Gespräche über dieses Thema geführt. Warum glaubst du das immer noch?«

»Weil ich mich damals unfertig fühlte und es immer noch bin. Jedenfalls fühlt es sich für mich wieder so an.« Frustriert ließ ich mich an die Sessellehne sinken.

Ich staunte über mich selbst, weil ich es tatsächlich laut aussprach.

»Okay.« Beschwichtigend hob er seine Hände.

Diese kleine Geste entspannte mich wieder. Sie nahm die Schärfe aus unserem Gespräch. Eins, das in eine Richtung abgedriftet war, in die ich NICHT wollte.

Jaspers Blick lag auf mir, ganz darauf konzentriert, was ich als nächstes fragen würde.

»War der Sex mit Christian nicht total anders als mit deiner Freundin?« Ich selbst könnte mir niemals vorstellen, mit einer Frau zusammen zu sein.

»Doch, war er. Und ebenso schön oder ebenso befriedigend für mich, wenn du so willst. Der einzige Unterschied ist der Weg zum Orgasmus. Da ist jeder Mensch sowieso ganz individuell«, fügte er hinzu, während er uns Wasser nachschenkte.

Ich konnte mir denken, auf was er hinauswollte. Mich interessierte jedoch eine andere Frage viel mehr. Aber erstens ging es mich nichts an und zweitens war es sehr persönlich. Sicher war ich mir nicht, ob mir Jasper darauf antworten würde.

Und eigentlich konnte es mir ja auch egal sein, oder?

»Also, wenn ich dich gerade betrachte, steht dir die Frage, die du mir eigentlich stellen wolltest, regelrecht auf die Stirn geschrieben«, meinte er, wobei er sich schmunzelnd an seine eigene Stirn tippte. Er beugte sich zu mir über den Tisch und hauchte mir nur ein einziges Wort entgegen: »Ja.« Mehr sagte er nicht, setzte sich wieder zurück und zwinkerte mir zu.

Ich verstand kein Wort.

»Das ist die Antwort auf deine Frage.«

»Welche Frage?«, hakte ich nach, konnte mir aber ein Schmunzeln nicht mehr verkneifen, weil Jasper mir verschmitzt zulächelte. Es war wie damals. Solche Spielchen hatten wir immer wieder gespielt. Also musste ich mir jetzt ganz genau überlegen, wie ich meine Frage stellte, denn ich hatte nur diese eine frei, wenn es so ablief wie früher. Ich horchte in mich hinein. Natürlich wusste ich, welche mich am meisten interessierte.

»Los, trau dich«, lockte er mich. Der Schalk sprang ihm aus den Augen und traf mich damit unerwartet. Dass unser Gespräch so ausuferte, hatte ich nicht erwartet und auch nicht, wie wichtig mir diese Frage plötzlich war.

»Dubistnichtnuraktiv, richtig?«, fragte ich schnell und setzte damit alles auf eine Karte. Genau auf diese Frage wollte ich seine Antwort. Dann könnte ich auch besser verstehen, warum Lena glaubte, ihm nicht für immer reichen zu können. Obwohl das nun wiederum völlig absurd wäre. Wenn sich Jasper penetrieren lassen wollte, hätte sie das auch mit einem Dildo tun können, oder?

Oh verdammt, Sam, stopp!

Entsetzt über die kruden Gedanken in meinem Hirn schloss ich meine Augen und schüttelte insgeheim den Kopf.

»Ja. Überrascht?« Sein Tonfall hörte sich unerwartet resigniert an.

War ich das?

Wenn ich ehrlich war, hatte ich noch nie einen Gedanken daran verschwendet. Es war mir egal, welche sexuellen Präferenzen andere Leute hatten. Ich kannte nicht viele Bisexuelle. Ob Jasper überhaupt bi war oder nicht, wusste ich auch nicht. »Warum erzählst du mir das?«

»Weil ich dir damit zeigen möchte, dass ich auch nicht unbedingt der Norm entspreche, wobei ich mich schon immer gefragt habe, wer die Norm eigentlich bestimmt. Du kennst doch die Szene in den Clubs, Sam. Die wird hier in den Staaten nicht viel anders sein als in Deutschland. Oder es hat sich in den letzten zwölf Jahren etwas verändert. Als ich das erste Mal mit Christian in einem Club aufgetaucht bin, sahen alle in mir den …?«, fragte er mich mit herausforderndem Tonfall, wobei er mit seinen Händen an seinem Körper entlangstrich.

»Twink?«, antwortete ich vorsichtig.

»Exakt. Warum …?« Ich wusste nicht, auf was er hinauswollte, spürte aber, wie wichtig ihm diese Fragerunde war.

»Äh …«, begann ich unsicher, als er mir schon ins Wort fiel.

»Weil ich kleiner und auch dünn und schlaksig war. Punkt! Also war ich für alle der süße Twink, der sich von seinem viel größeren und älteren Freund flachlegen lässt, richtig?«, fragte er provozierend, erwartete aber keine Antwort von mir. »Soweit, so schlecht! Allein bei dem Schubladendenken kriege ich schon das Würgen«, zischte er aufgebracht. »Als es sich herumsprach, war ich plötzlich raus! Bisexuelle waren damals sowieso nicht wirklich drin und einer, der sich auch toppen lässt, eh die Ausnahme. Ich passte für sie in keine Kategorie mehr. Und als das mit Christian vorbei war, habe ich mich aus der Clubszene verabschiedet. Ich hatte es satt! Ich brauche diese ganzen Oberflächlichkeiten nicht.« Bedrückt starrte er in sein Wasserglas.

»Mmh«, brummte ich nach kurzem Überlegen. Das stimmte vermutlich. Darauf geachtet, wenn ich in den Clubs war, hatte ich allerdings nie. Dort kämpfte ich mit meinen eigenen Problemen, denn Männer wie ich wurden entweder ignoriert, belächelt oder ausgegrenzt.

Beide schwiegen wir eine Weile.

Zurückgelehnt in unseren Stühlen hingen wir unseren Gedanken nach. Mit geschlossenen Augen genoss ich diesen ruhigen Moment zwischen uns gerade sehr.

»Sam?«

»Ja?« Langsam hob ich meine Lider und beobachtete, wie Jasper mir seine Hände offen entgegenstreckte.

»Lässt du mich deine Arme sehen, bitte?«

Gerechnet hatte ich damit, natürlich. Irgendwann musste unser Gespräch darauf kommen. Aber jetzt? Die Stimmung zwischen uns hatte sich langsam verändert, der lustige Aspekt war nach Jaspers trauriger Feststellung verschwunden. Die Luft wirkte auf mich schwer und aufgeladen. Erst jetzt bemerkte ich die Lichtinsel, in der wir uns befanden. Um uns herum war es dunkel geworden. Die Spots an der Terrassenkante zum Garten warfen warmes Licht zu uns unter das Holzdach. Das Zwitschern der Vögel in den Bäumen war längst verstummt, ebenso der Verkehrslärm auf der Straße vor dem Haus.

Es war wohltuend still.

Ich schluckte, denn in Jaspers Blick erkannte ich den Wunsch nach Vertrauen. Er würde sie sich nicht nur als Freund ansehen.

Also war jetzt mein Seelenstriptease an der Reihe.

Wieder einmal.

Doch jetzt saß ich Jasper gegenüber. Nicht einem der vielen Psychologen, denen ich in meinem Leben immer und immer wieder mein Innerstes hatte offenbaren müssen. Und auch keinem fremden Arzt.

»Okay«, murmelte ich. Warum es mir gerade bei ihm schwer fiel, begriff ich nicht.

Als mir Jasper aufmunternd zulächelte, zog ich die Ärmel meines Longsleeves hoch, um meine entblößten Unterarme mit den Innenseiten nach oben auf den Tisch zu legen. Jasper umschloss meine Hände sanft mit seinen Fingern. Mit seinen Daumen begann er ganz zart über meine Handgelenke zu streichen, die ich heute Abend nicht mit Ledermanschetten verbarg. Noch immer lächelte er mir zu. Sein vertrauensvoller Blick ruhte auf mir, nicht auf meinen Armen. Und da wurde mir schlagartig klar: Jasper tröstete mich. Es ging ihm gar nicht vorrangig um meine bevorstehende OP. Er tröstete mich auf die gleiche Weise wie früher, wenn wir in unserem Baumhaus saßen.

Sein sanftes Streicheln auf meiner Haut fühlte sich unerwartet schön an. Dieses Gefühl war mir fremd geworden. Ich konnte mich nicht daran erinnern, wann mich je ein Mann so zärtlich und liebevoll berührt hatte.

Wann ich es ihnen überhaupt zuletzt erlaubt hatte.

Jaspers Blick konnte ich kaum standhalten. Die Wärme, die ich darin sah, war fast zu viel für mich.

»Nicht, Sam«, flüsterte er, während er mit seinen Daumen immer wieder kreisförmig um meine Narben herumfuhr, als würde er ahnen, wie kurz ich davor war zurückzuzucken. »Es tut mir unendlich leid.«

Er löste seinen Blick von meinem Gesicht und sah zum ersten Mal hinunter auf meine Hände.

»Das muss es nicht«, entgegnete ich mit rauer Stimme, als hätte ich seit Stunden nicht gesprochen. »Es ist nicht deine Schuld, es ist ganz allein meine.« Ich wollte nicht, dass er sich nach den vielen Jahren Vorwürfe machte.

»Wir hätten während meiner Ferien reden müssen, Sam. Wir haben es nicht getan. Das werde ich mir immer vorwerfen.«

»Wir waren siebzehn!«

»Ja, das waren wir.« Lächelnd hob er seinen Kopf. Ich musste nicht fragen, an was er gerade dachte. Seine letzten Ferienwochen waren mir für alle Zeit im Gedächtnis geblieben. Wir waren wie alle in diesem Alter gewesen: laut, chaotisch, uneinsichtig, wenn es um die Regeln ging, die meine Eltern für uns aufgestellt hatten, und furchtbar albern. Teenager eben. Und doch so viel mehr als nur normale Freunde.

Ich spürte, wie Jasper mit seinen Fingern langsam weiter an meinem linken Arm nach oben strich, wie er vorsichtig mit einer Fingerspitze ein großes Rechteck über die Innenseite meines Unterarmes malte, bevor ich selbst darauf sah. Natürlich wusste ich, was er mir damit zeigen wollte. Dies würde der große Hautlappen sein, der zusammen mit Gewebe und Nerven entfernt werden müsste, um daraus meinen Penoid zu formen. Jetzt waren wir also bei dem Thema angekommen, mit dem ich gerechnet hatte. Seine andere Hand lag noch immer warm, fast beschützend auf meinem rechten Handgelenk.

»Wann genau?«

»Am neunzehnten Oktober.« Jasper würde dann wieder in Deutschland sein, wurde mir schmerzlich bewusst.

»Wer wird dich operieren?«

»Dein über alles geschätzter Professor Moore«, witzelte ich, um der Stimmung zwischen uns ein wenig die Intimität zu nehmen. Sie war für mich fremd und damit kaum zu ertragen.

»Gut«, murmelte er, umfasste noch einmal kurz meine Hände und drückte sie, bevor er seufzte. »Das ist gut.«

Tatsächlich war es das, aber Jaspers kurzer, fast emotionsloser Kommentar überraschte mich. »Mehr sagst du nicht? Einfach nur *gut*?«

»Was erwartest du von mir?«

»Fragen nach dem warum oder sogar einen Versuch, mich umzustimmen vielleicht?« Er wäre nicht der erste, der das versuchen würde.

»Könnte ich das denn?«, fragte er. »Du wirst dir deine Entscheidung reiflich überlegt haben, richtig? Also wäre es vermessen von mir zu erwarten dich umstimmen zu können. Keiner sollte das. Diese Entscheidung triffst ganz alleine du. Außerdem steht es mir nicht zu.«

»Du würdest mich tatsächlich umstimmen wollen?« Das verblüffte mich. Gerade er, der mit Sicherheit schon alle Argumente gehört hatte? Der selbst solche Eingriffe durchführte?

»Natürlich!«, sagte er und wirkte ungehalten, als er sich auf seine Armlehnen stützte. »Nur, weil ich diese Operationen mache, heißt es nicht, dass ich sie auch gutheißen muss. Aber ich bewerte nicht, habe ich nie getan. Das kann ich gar nicht, denn ich stecke nicht in eurer Haut. Ich führe die Operationen durch, weil ich es *will* und weil ich es *kann*. Diese letzte Angleichung ist für viele von euch überlebenswichtig und weil ich das weiß, mache ich sie gern.«

Wow!

Mit so viel Emotionalität hatte ich nicht gerechnet. Sie verblüffte mich. Ein Genie musste ich nicht sein, um seine Botschaft an mich zu erkennen.

»Du hast es meinetwegen getan«, stellte ich beschämt fest.

»Ja. Ich wollte besser verstehen, was an unserem letzten Ferienabend schiefgelaufen war. Ich wollte dich besser verstehen. Natürlich wusste ich durch dich schon einiges, aber danach habe ich angefangen alles zu lesen, was ich in medizinischen Fachzeitschriften finden konnte. Als ich mit meinem Studium ein Jahr später begann, war für mich die Richtung, die ich einschlagen wollte, absolut klar.«

Konnte es noch schlimmer kommen?

Unbehaglich rutschte ich auf meinem Stuhl herum, kaum in der Lage ihn anzusehen. Jasper saß nun wieder völlig ruhig vor mir, nahezu entspannt, und zwinkerte mir mit einem kleinen Lächeln zu. Es war entwaffnend. Er ahnte sicher, was gerade in mir vorging. So war er immer gewesen: Mein stiller Held, der nie eine Gegenleistung von mir verlangte. Alleine dafür liebte ich ihn schon als Kind. Und weil er mein Freund gewesen war, natürlich. Zwölf Jahre kein Lebenszeichen von mir und trotzdem warf er mir diese versteckte Liebeserklärung zu – denn es war eine, das war mir bewusst. Ich nippte an meinem Wasser, um Zeit zu schinden, bevor ich die alles entscheidende Frage stellte: »Warum würdest du mir die OP ausreden wollen?«

»Weil ich die Risiken kenne. Aber vor allem, weil ich der Meinung bin, dass du …«

»Risiken?«, unterbrach ich ihn erstaunt. »Für dich sind es die Risiken, warum du den Aufbau ablehnst?« Mit dieser Antwort hatte ich nicht gerechnet.

»Auch, natürlich. Aber viel wichtiger ist doch die Frage: Warum hast du dich nun doch dazu entschlossen, obwohl du sie kennst?«

Immer und immer wieder die gleichen Fragen. Ich war es unendlich leid. Seufzend strich ich mir über meinen kurzen Bart. »Fragt der Cis-Mann!«, konterte ich gereizt.

»Das ist unfair, Sam. Und das weißt du auch. Aber an deinem Einwurf erkenne ich, was noch immer dein Problem ist.«

»Ich kann dir sagen, was mein Problem ist«, begann ich nun aufgebracht. »Mein Problem ist es, in einem falschen Körper festzustecken. Mein Problem sind die Cis-Männer, die glauben etwas Besseres zu sein und mich nie als gleichwertig akzeptieren. Mein Problem ist es, das Gefühl zu haben, nicht mehr Mann zu sein, wenn ich doch mal meine Hosen runterlasse und ihre Blicke sehe. Mein Problem ist es, mich immer wieder rechtfertigen zu müssen, warum ich keinen Schwanz habe, oder weil ich mich nun doch für den Aufbau entschieden habe – je nachdem. Mein Problem ist die Ignoranz und die Intoleranz der Öffentlichkeit. Mein Problem ist es, dass mir seit Jahren von allen Seiten suggeriert wird krank oder gestört zu sein. Mein Problem ist es, nicht frei über mein Leben bestimmen zu dürfen, weil andere das Recht haben, darüber zu entscheiden. Mein Problem ist es, eben darum immer noch das Gefühl zu haben, unfertig zu sein!«

Aufgewühlt lehnte ich mich zurück und schloss meine Augen. Mir wurde bewusst, wie sehr ich mich gerade vor ihm entblößt hatte. Brüllend!

Stille.

Ich schluckte und brauchte einen Moment, um mich zu sammeln, als Jasper zu sprechen begann.

»Alle deine Gründe verstehe ich. Aber soll ich dir sagen, welchen körperlichen Vorteil ich dir gegenüber im Moment habe?«, fragte er und setzte noch: »Als Cis-Mann selbstverständlich!«, hinzu.

Bei seinen Worten stöhnte ich peinlich berührt auf. Er war verletzt, zu Recht. Ich blickte in sein betroffenes Gesicht. Warum ich ausgerechnet bei Jasper so ausrastete, verstand ich nicht. »Entschuldigung, Jasper, aber …«

»Nein«, unterbrach er mich ernst, »wir klären das jetzt! Du glaubst, ein Cis-Mann ist besser? Warum? Nimm mich: Alles, was ich bisher in meinem beruflichen Leben erreicht habe, hat nichts mit meinem Unterleib zu tun, sondern ausschließlich mit meinem Verstand und meinen Händen, ebenso wie bei dir. Und in meinem Privatleben hat mir mein Cis-Mann Dasein auch nicht weitergeholfen, oder? Der Unterschied zwischen mir und dir ist mein Schwanz, da hast du Recht. Mein einziger Vorteil ist es, wenn du so willst, im Stehen pinkeln zu können! Sonst nichts!«, bekräftigte er.

Nein, oh nein, so einfach war das nicht.

Als ich kopfschüttelnd einen Einwand vorbringen wollte, hob er bittend eine Hand. »Du bist ebenso ein Mann, wie ich es bin, Sam. Du bist mehr Mann als viele andere, die mit einem Schwanz durch die Gegend laufen. Warum kannst du das nicht sehen?«

»Weil ich es nicht mehr fühle«, warf ich hilflos ein.

»Aber was fehlt denn? Ist es das Stück Genital, was dich glauben lässt, nur dann ein Mann zu sein?«

Frustriert verneinte ich. Eben diese Annahme war es, die ich seit Jahren in High-School Klassen versuchte aus den Köpfen der Jugendlichen zu bekommen, wenn ich ihnen meine Geschichte erzählte. Das wäre absurd, denn ein Geschlechtsteil sagt nichts darüber aus, wer man ist und vor allem was man ist. Es geht um die innere Haltung. Nur darum!

Doch ich fand die meine nicht mehr.

Ich hatte sie verloren. – Ich hatte mich verloren.

Dafür waren meine gescheiterten Beziehungen zu Frank und Daniel verantwortlich, meine ausschweifenden Clubbesuche und ich selbst, natürlich. Es war das große Ganze, das mich zu diesem endgültigen Schritt bewegte.

»Es ist mein unfertiges Gefühl, das wieder ganz tief in mir steckt, Jasper. Anders kann ich es nicht erklären.« Ich wollte es auch nicht mehr erklären. Wie immer bei diesen Gesprächen fühlte ich mich ausgelaugt, regelrecht wundgescheuert.

»Ist gut«, lenkte er nickend ein. Ob er mich verstand, bezweifelte ich. Manchmal verstand ich mich selbst nicht mehr. Wir würden dieses Gespräch an anderer Stelle fortführen, da war ich mir sicher. Dankbar nickte ich ihm zu.

»Möchtest du Eis?«, fragte Jasper nun vorsichtig lächelnd, streckte mir seine Arme entgegen und strich zart mit seinen Fingerspitzen an den meinen herab, bevor er meine Hände noch einmal aufmunternd drückte. Seine Berührung und die Gänsehaut, die er mir mit dieser Geste bescherte, kamen für mich völlig unerwartet.

Er stand auf und verschwand im Inneren des Hauses. Kurz darauf drückte er mir eine kleine Schüssel in die Hand und setzte sich wieder zu mir. Schweigend löffelten wir unser Schokoladeneis. Warfen uns ab und an Blicke zu, die der jeweils andere immer mit einem kleinen Lächeln quittierte. Dieses *Nichts* Sagen fühlte sich nach unserem aufwühlenden Gespräch dennoch nicht gezwungen an. Im Gegenteil. Wie früher konnten wir entspannt miteinander schweigen. Ich fand das unglaublich tröstend. Es entfachte ein wohliges Gefühl in meinem Bauch. Auch etwas, was ich nicht kannte.

Nach dem Eis war es für mich Zeit, nach Hause zu fahren, denn ich bemerkte, wie Jasper versuchte sein Gähnen zu unterdrücken.

Er begleitete mich zu meinem Wagen. Und plötzlich änderte sich die Stimmung zwischen uns wieder. Unbeholfen standen wir uns gegenüber, als wüssten wir beide nicht, wie wir uns voneinander verabschieden sollten. Es war idiotisch, denn dieser Abend hatte mir gezeigt, dass wir wieder auf dem besten Wege waren Freunde zu werden. Bei keinem anderen Mann wäre ich so ehrlich und offen gewesen. Das wusste er, da war ich mir sicher.

Ich machte einen großen Schritt auf ihn zu, um ihn in meine Arme zu ziehen. Jasper ließ es geschehen. Mehr noch, er schlang die seinen um meinen Hals und legte seufzend seinen Kopf an meine Schulter.

Es war schön ihn zu halten, seinen ruhigen Atem an meiner Haut zu spüren. Ausgehungert nach körperlicher Nähe war ich und erleichtert, da sich Jasper nicht zurückzog. Ein Seufzen konnte ich mir nur verkneifen, indem ich mein Gesicht in seinem Haar vergrub. Vorsichtig zog ich ihn näher zu mir, für einen kurzen Moment nur, ganz nah.

So standen wir da.

Ganz still.

Hielten uns fest.

Schon lange hatte sich für mich nichts mehr so gut und richtig angefühlt.

KAPITEL 13

Samuel

»Ich mag ihn wirklich.« Brian rutschte auf der kunstledernen Bank näher zu mir und deutete mit einem Nicken nach vorne zu Jasper. »Aber mit ihm in einer Mannschaft spielen möchte ich nie!«, stellte er grinsend klar, als er auch schon in albernes Gelächter ausbrach.

Mein Bruder war wieder aus Montana zurück. Gott sei Dank mit Lucy und Joe, denn noch länger hätte ich seine trennungsbedingte Laune nicht ertragen.

Er würde bei seiner Arbeit kürzertreten müssen, wollte er seine Ehe retten. Das war die Bedingung meiner Schwägerin. Lucy fühlte sich mit Joe alleingelassen und vernachlässigt. Aus gutem Grund, denn Brian arbeitete oft mehr als siebzig Stunden in der Woche. Zu viel für ihn, zu viel für seine Ehe, wie er zerknirscht eingestand, als er mich nach seiner Rückkehr im Büro aufsuchte. Brian liebte seinen Job als Anwalt. Manchmal vergaß er sein eigenes Leben dabei. Weniger Mandanten und weniger Zeit vor Gericht würden ihre Ehe retten, davon war ich überzeugt, denn die Liebe zwischen den beiden war auch für Außenstehende spürbar.

Lachend sah ich nach vorn auf unsere Bahn. Jasper freute sich wie ein Kind, wenn sein Bowlingball die Pins traf und nicht, wie schon häufiger an diesem Abend, in der Rinne landete.

Brian hatte recht, Jasper war unterirdisch, was Bowling anging. Anstatt die Kugel gefühlvoll aufzusetzen, schmiss er sie unkontrolliert aufs Parkett, weil er Angst um seine Finger hatte, und wunderte sich dann, warum sie zu selten bei den Pins ankam. Aber wir waren hier, um einen gemütlichen Abend zu verbringen, nicht um in einem Wettbewerb zu bestehen.

In den letzten Wochen hatten wir uns immer mal wieder getroffen.

Diese Wochen – ich würde sie als vorsichtige Annäherung beschreiben. Langsam, stetig und sehr behutsam, als hätten wir beide Angst, mit einem unüberlegten Schritt unsere Freundschaft wieder zu zerstören. Wobei die Illusion, mir würde eine Freundschaft mit ihm genügen, inzwischen verpufft war. Es war irritierend und frustrierend zugleich, denn für mich fühlten sich unsere Abende wie Dates an. Ob es ihm ebenso erging, wusste ich nicht.

Ich fragte ihn auch nicht.

Die Signale, die er mir sendete, konnte ich nicht richtig deuten. Wie auch? In den letzten Jahren war ich ausschließlich in Clubs unterwegs gewesen. Um gegenseitige Anziehung brauchte ich mir dort nie Gedanken zu machen. Ein Blickkontakt, ein Getränk an der Bar, mehr war nicht erforderlich.

Die Schwingungen zwischen uns bildete ich mir nicht ein. Hoffte ich zumindest.

Wenn wir zusammen unterwegs waren, verhielt Jasper sich mir gegenüber betont freundschaftlich, fast schon krampfhaft vorsichtig, jedoch nicht distanziert. Aber nichts ließ erkennen, ob er an mehr als Freundschaft mit mir interessiert war. Ob er überhaupt an einer neuen Partnerschaft interessiert war. Nichts verriet mir, was er fühlte oder dachte.

Er schenkte weder Frauen noch anderen Männern Beachtung. Keine Blicke, keine Gesten; egal, ob wir in einem Restaurant aßen oder in einer Bar unseren letzten Drink nahmen. Ihm hingegen wurden oft eindeutige Blicke zugeworfen, doch Jasper sprang nie darauf an. Dieses wichtige Detail nahm ich sehr wohl wahr und genoss seine ungeteilte Aufmerksamkeit. Er war ungezwungen, warmherzig, fröhlich und bohrte sich immer tiefer in mein Herz. Jasper sprach etwas in mir an, nach dem ich seit Jahren suchte. Dazu kam sein deutscher Akzent, den er nicht verbergen konnte, wenn er aufgeregt war oder mit Fremden schneller sprechen musste. Dann zeigte er sich überdeutlich und bescherte mir immer wieder ein sehnsuchtsvolles Ziehen in meiner Brust.

Ihn schien er zu stören, ich fand ihn liebenswert.

Ich genoss es, mit ihm zusammen zu sein. Genau das hatte ich befürchtet; dennoch gönnte ich mir dieses Gefühl, weil es so unglaublich schön war. Besonders, wenn wir nach einem letzten Schluck noch gemütlich beisammensaßen. Entweder bei mir, um uns ein Stück Kuchen und einen letzten Kaffee zu gönnen, oder bei ihm im Motel, bevor ich allein nach Hause fuhr.

Dann saßen wir zusammen auf der kleinen Couch neben seinem Bett, redeten oder sahen ein paar Minuten lang fern.

Wenn ich neben Jasper saß, spürte ich seine innere Ruhe. Sie strahlte auf mich ab, was ich sehr genoss. Die Geborgenheit, die er mir mit seinen Umarmungen schenkte, war ich von einem Mann nicht gewohnt. Von ihm gab es keinerlei Annäherungsversuche, nie. Sie kamen immer von mir und erst dann ging er darauf ein. Regelrecht süchtig war ich nach seinen langen, zarten Küssen, die ich so nicht kannte, weil sie mich nie drängten. Nach seinen Händen, wenn er mir mit seinen Fingerspitzen vorsichtig liebkosend über meine Arme oder meinen Hals strich. Nie fordernd, immer liebevoll tastend. Auch dieses leichte, kribbelnde, ziehende Gefühl, das dabei durch meinen Körper rauschte, war neu für mich.

Jasper mochte es, wenn man ihm durch seine Haare fuhr, beim Küssen seinen Kopf hielt und dirigierte. Ich freute mich über die genüsslichen Laute, die er mir entgegenhauchte, wenn ich seinen Hals herunter bis zu seinem Schlüsselbein leckte.

Mehr gab es nicht.

Weil Jasper keinerlei Anstalten machte, sich mir körperlich weiter zu nähern, traute ich mich nicht ihn zu reizen.

All das machte die Zusammentreffen mit ihm zu einem Genuss. Gleichzeitig war es frustrierend und irritierte mich sehr, weil ich diese Art von Nähe nicht kannte – nicht einordnen konnte.

Wollte er nicht? Wollte er mich nicht?

Danach zu fragen traute ich mich nicht aus Angst, dieses feine Konstrukt unserer Freundschaft wieder zu zerstören.

Warum sollte er auch? Was konnte ich ihm schon bieten?

»Ich fürchte, wir müssen nach Hause!«, ertönte Lucys Stimme plötzlich hinter mir. Erschrocken sah ich auf, als sie an mir vorbeirauschte. Sie rutschte neben Brian auf die Bank und begann sich frustriert ihre Schuhe auszuziehen, als sich Jasper wieder zu uns setzte.

»Ist was mit Joe?« Brian wirkte alarmiert und trank in einem Zug sein Glas leer.

»Er ist wach geworden und Maggie bekommt ihn nicht mehr ruhig. Er schreit seit einer Stunde.« Enttäuscht blickte sie in die Runde. Ich verstand sie. Seitdem Joe auf der Welt war, waren Lucy und mein Bruder abends nur noch selten zusammen unterwegs.

»Ist doch nicht schlimm«, entgegnete Jasper verständnisvoll und blickte mich lächelnd an. »Wir waren eh durch, oder?«

Waren wir, aber eine Stunde wäre ich gerne noch mit ihm zusammengeblieben.

Wir packten unsere Sachen und machten uns auf den Weg zum Auto. Mein Bruder hatte uns abgeholt, weil Jaspers Motel und meine Wohnung auf dem Weg zum Bowlingcenter lagen. Jetzt rächte sich dieser Umstand, denn ich wäre gerne noch mit Jasper alleine irgendwo hingefahren.

Die Stimmung im Auto war gedrückt. Wir alle hatten uns den Abend anders vorgestellt. Da ich vorne neben meinem Bruder saß, konnte ich nur zuhören, wie sich Lucy und Jasper darüber unterhielten, was der Grund für Joes Schreierei sein könnte. Jasper versuchte sie zu beruhigen. Seine leise Stimme brachte selbst Brian dazu, sich ausreichend zu entspannen, um nicht wie ein Irrer durch die Straßen zu fahren. Als wir vor Jaspers Motel hielten, drehte ich mich zu ihm um. Ich spürte sein Zögern und auch sein schlechtes Gewissen, Brian und Lucy noch länger aufzuhalten. Er lächelte mich an und öffnete langsam die Autotür.

Sah ich da Sehnsucht in seinem Blick? Sicher war ich mir nicht.

Bevor er sich mit einem herzlichen Gruß verabschiedete, nickte er mir noch einmal zu und stieg aus.

Ich war unschlüssig. Sollte ich aussteigen? War es das, was Jasper mir eben mit seinem Blick sagen wollte? Bevor ich eine Entscheidung treffen konnte, fuhr Brian los. Ich blickte Jasper aus der Fensterscheibe hinterher, wie er auf den Bürgersteig trat, uns zuwinkte und sich zum Motel-Eingang umdrehte.

Zu Hause in meinem Bett grübelte ich weiter darüber nach und kam frustriert zu dem Schluss, eine einmalige Chance verpasst zu haben.

Warum bin ich nur so gehemmt, wenn es um Jasper geht?, fragte ich mich. Er war weder Frank noch Daniel und er war auch nicht wie die anderen Männer in den Clubs, mit denen ich zusammen gewesen war.

Das war mein Problem: Ich kannte diese Art von Nähe nicht.

KAPITEL 14

Jasper

Nie hätte ich gedacht, dem Geruch von Angstschweiß in einem Operationssaal zu begegnen, noch dazu bei einer Routine-OP, aber die Ausdünstungen, die meine Kollegen um mich herum von sich gaben, waren eindeutig.

Dafür verantwortlich war der Chef des Hauses, Prof. Dr. Dr. Jeffrey Moore. Der selbst ernannte Gott des SMC. Obwohl es bislang keine Komplikationen, keinen noch so kleinen Fehler gab, ranzte er seit gut einer Stunde durch den Raum. Sein beißender Spott, kombiniert mit persönlichen Demütigungen, traf jeden, der um den Operationstisch herumstand und seine Arbeit tat.

Ich hatte schon mit unzähligen Ärzten zusammen operiert, aber dergleichen noch nie erlebt.

Auch nicht in den letzten Wochen, in denen ich nun schon hier war. Wenn Moore selbst operierte, herrschte immer eine gespenstische Ruhe. Er erklärte nicht viel. Das war auch gar nicht nötig. Wie er Schnitte und Nähte setzte, wie er gekonnt aus einem Streifen Haut der Hodensäcke Schamlippen formte oder umgekehrt, das war meisterlich. Allein durchs Zuschauen konnte man viel von ihm lernen.

Dass er bei dieser Operation als Beobachter anwesend war, erstaunte nicht nur mich. Besonders meine Kolleginnen und Kollegen waren irritiert, als er unangekündigt am OP-Tisch auftauchte. Seitdem herrschte angstvolles Schweigen. Die wenigen Gespräche verstummten, als wären wir bei etwas Verbotenem ertappt worden.

In München steppte zwar nicht gerade der Bär, wenn wir operierten. Aber der leitende Chirurg war für die Musik verantwortlich, die leise aus den Boxen erklang, solange es keine unerwarteten Komplikationen gab. Wir unterhielten uns, lachten, erzählten uns auch mal den neuesten Tratsch, der über die Klinikflure geisterte. Es war eine hoch konzentrierte und dennoch lockere Atmosphäre, auf die mein Chef besonderen Wert legte. Er war davon überzeugt, nur so in der Lage zu sein, über viele Stunden perfekte Arbeit zu leisten.

Mit Angst begeht man Fehler!

An diesen Spruch, von ihm erinnerte ich mich jetzt, während ich bemerkte, wie sich selbst die Schultern von Megan, einer der OP-Schwestern vor mir, immer mehr verkrampften. Es war nur noch eine Frage der Zeit, bis ihr etwas herunterfallen würde, so verschreckt, wie sie wirkte. Mitanzusehen, wie sich erwachsene Menschen, die über Jahre studiert und erfolgreich gearbeitet hatten, grundlos niedermachen ließen, war nicht nur beschämend, sondern machte mich fassungslos. Mir ging es nicht in den Kopf, was Moore damit bezwecken wollte. Glaubte er damit seine Ärzte besser zu machen?

Der Einzige, der außer mir noch locker blieb und regelmäßig genervt mit den Augen rollte, war Dave Simmons, der Anästhesist. Er saß am Kopf von Jonah, einem zweiundzwanzigjährigen Jurastudenten, der die Semesterferien für diese Operation nutzte.

Weil Moore nur auf Zeit mein Chef war, blieb ich relativ entspannt. Ich hatte auch noch nicht aktiv ins Geschehen eingegriffen, sondern stand in zweiter Reihe, schräg versetzt hinter meinem Kollegen Dr. Adam Hitoshi. Dabei spürte ich, wie dieser immer unsicherer wurde, je länger Moore seine Tiraden auf ihn abfeuerte. Adam war kein Anfänger, im Gegenteil, er hatte seinen Facharzt schon zwei Jahre in der Tasche. Trotzdem ließ er sich vom Chef aus der Ruhe bringen. Ich fand das furchtbar und versuchte nicht auf seine Hände zu sehen, die im hellen Licht des Operationsfeldes die letzte Brustnaht setzten, bevor die auf Maß zugeschnittenen Brustwarzen wieder angesetzt werden würden.

Chefs, die ihren eigenen Mitarbeitern keinen Respekt entgegenbrachten, verdienten den meinen auch nicht. So versuchte ich mich immer wieder zu beruhigen. Zumal Moore alle, die um den Tisch herumstanden, selbst ausgebildet hatte. Er war die Koryphäe seines Fachs. Menschlich war er abscheulich. Die Verachtung, die ich nach der kurzen Zeit schon für ihn empfand, half mir über die aufkommende Unsicherheit hinweg, als mich sein stechender Blick zum ersten Mal traf. Obwohl ich durch seinen Mundschutz und die OP-Haube nicht viel von seinem Gesicht erkannte, bildete ich mir ein, er sähe mit spöttisch verzogenen Lippen zu mir herab, als er mich ansprach.

»Nun, dann wollen wir doch mal sehen, was der Herr Kollege aus Deutschland kann.«

Mit seinem großen, hageren Körper stand er mir am OP-Tisch gegenüber, während ich einen Schritt nach vorne trat. Ich bemerkte, wie Adam mir viel zu schnell Platz machte. Ob ich mir sein erleichtertes Seufzen nur einbildete, bevor er sich hinter mich stellte?

Nachdem ich in die von Megan bereitgehaltenen sterilen Handschuhe geschlüpft war, beachtete ich Moore erst einmal nicht, sondern konzentrierte mich auf das Bild, welches sich mir im hellen Licht zeigte. Die Schnitte, die ich zusammen mit Adam mit schwarzem Stift vorgezeichnet hatte, waren präzise gesetzt. Die hauchfeinen Nähte auf beiden Seiten lagen auf gleicher Höhe und waren gleich lang. Warum Moore so ein Theater machte, erschloss sich mir nicht. Besser konnte man es nicht machen. Fehlten nur noch die Brustwarzen, die in die runden Aussparungen eingesetzt werden mussten. Das war nicht schwer, eher Routine. Das Komplizierte daran war die Vorarbeit. Die Größe musste bis auf den Millimeter passen. Aber auch hier hatte Adam ganze Arbeit geleistet, wie ich auf den ersten Blick feststellte. Ich begann mich zu fragen, warum ausgerechnet ich diese letzten Nähte setzen sollte. Diese Arbeit übertrug man eher den Chirurgen im ersten Ausbildungsjahr, von denen ebenfalls zwei Kollegen anwesend waren.

»Können wir den Tisch kurz ankippen«, bat ich und zwinkerte Megan kurz zu, um sie ein wenig zu beruhigen, als auch schon Moores Stimme durch den Raum dröhnte: »Nein, das brauchen wir nicht.«

»Doch«, entgegnete ich verwirrt, wobei ich zum ersten Mal seinen Blick suchte. »Doch, natürlich.«

Ich nahm wahr, wie jeder im Raum seinen Atem anhielt. Selbst Dave schnappte leise nach Luft, aber ich würde auf diese wichtige Kontrolle nicht verzichten, obwohl ich damit Moore widersprach. Zumal uns mein Chef in München eingebläut hatte, nie ohne diese weiter zu operieren. Durch das Kippen des Tisches würden die erhaltenen Brustmuskeln von Jonah herunter in ihre natürliche Form rutschen. Nur so wäre ich in der Lage zu erkennen, ob sich die Brustwarzen tatsächlich auf gleicher Höhe befanden.

»Zweifeln Sie an Dr. Hitoshis Fähigkeit?«, fragte Moore, während er in die Runde sah.

»Nein, das tue ich natürlich nicht, aber …«

»Dann fangen Sie an«, unterbrach er mich schneidend.

Von meinen Kollegen konnte ich keine Unterstützung erwarten, wurde mir klar, als ich in ihre betretenen Gesichter blickte. Sie würden auch noch hier arbeiten, wenn ich schon wieder in Deutschland war. Dennoch enttäuschte mich ihr fehlender Rückhalt. Ich war ein Arzt in der Facharztausbildung. Ich war auf ihre Unterstützung angewiesen!

»Nein.« Dieses eine Wort sagte ich mit mehr Überzeugung, als ich selbst in mir spürte. Moore könnte mir fristlos kündigen, was hieße: Ich müsste reumütig zu meinem Chef nach Deutschland zurückkehren. Aber ich würde mich nicht beugen, das hatte ich nie getan. Ich verstand nicht, was er damit bezwecken wollte. Er war der Chef, aber ein Kräftemessen an einem OP-Tisch war völlig absurd und höchst unprofessionell. Moores stechender Blick bohrte sich in meinen. Seine dunklen Augen hinter der kleinen Brille verengten sich zu Schlitzen. Ich spürte förmlich, wie es in ihm brodelte. Man hätte eine Stecknadel fallen hören können, wären nicht die vielen Apparate gewesen, die Dave für die Narkose und die Überwachung brauchte.

Niemand von uns bewegte sich.

Hektisch schluckte ich, als mir das ganze Ausmaß bewusstwurde. Ich müsste nicht nur sofort das SMC verlassen und nach München zurückkehren, ich würde auch Sam verlassen müssen.

War es mir das wert?

Das fragte ich mich, als Moore sich weiter aufplusterte. »Sie widersetzen sich meinen Anweisungen?«

»Nein, das tue ich nicht. Aber ohne Kippkontrolle werde ich nicht anfangen!«, stellte ich leise klar, wobei ich entsetzt spürte, wie sich der Schweiß jetzt auch unter meinen Achseln sammelte.

Wenn Blicke töten könnten, wäre ich augenblicklich auf dem kalten Linoleum aufgeschlagen.

Moore blickte noch einmal auf das Operationsfeld, nickte mir kurz zu und riss sich seine Handschuhe schnappend von den Fingern, während er sich mit ausholenden Schritten vom Tisch entfernte.

»Kippen Sie den Tisch!«, befahl er laut, bevor er durch die schwere Schiebetür aus dem OP-Saal verschwand. Alle atmeten wir erleichtert aus;

selbst meine Kollegen hatten ihre Luft während der entscheidenden letzten Sekunden mit mir angehalten. Für einen Moment lehnte ich mich an den Operationstisch, weil ich fürchtete, meine Beine würden mich nicht mehr tragen. Ich spürte, wie mich Adam von hinten mit seinem Ellenbogen anstupste.

»Entweder bist du lebensmüde oder unglaublich mutig, Jasper«, meinte er leise, als die gespannte Atmosphäre sich aufzulösen begann. Ich wusste es selbst nicht, bemerkte aber meinen Puls, der immer noch viel zu schnell durch meinen Körper raste. Dave zeigte mir den Daumen nach oben und pfiff anerkennend. Ebenso die beiden jungen Ärzte, die sich jetzt an den Hebeln zu schaffen machten, um den oberen Teil des Tisches endlich für ein paar Sekunden vorsichtig anzukippen.

KAPITEL 15

Jasper

Viel zu schnell fuhr ich mit meinem Wagen über die Interstate. Wenn mich jetzt die Cops anhalten sollten, würde ich durchdrehen, ganz sicher. Bis zu Sam war es nicht mehr weit. Mein Motelzimmer lag näher, aber Ruhe war jetzt das Letzte, was ich nach dem Kräftemessen und dem darauffolgenden Gespräch mit meinem Chef brauchte.

Ich brauchte Sam.

Jetzt sofort!

Nicht erst zu unserer vereinbarten Zeit in knapp einer Stunde. Ich wollte auch nicht, wie verabredet, mit ihm ins Kino. Ich wollte ihn.

Sam definierte Nähe ausschließlich über Sex. Anders hatte er es in den letzten Jahren nie kennengelernt und auch nicht zugelassen. Ihm zu zeigen, wie man Nähe auch ohne sexuelle Reize genießen konnte, war mir in den letzten Wochen besonders wichtig gewesen. Obwohl ich nach ihm gierte, hatte ich mich extrem zurückgehalten.

Das war nun vorbei.

Ich brauchte ihn.

Ich musste es darauf ankommen lassen. Was schwer genug sein würde, denn Sam konnte ich noch immer nicht einschätzen. Womöglich könnte er ängstlich und unsicher vor mir zurückschrecken, sollte ich zu forsch auftreten. Ich würde ihm die Kontrolle überlassen, das nahm ich mir fest vor. Sam sollte die Möglichkeit haben, selbst zu entscheiden, was zwischen uns passiert – wenn etwas passierte.

Wie ich das anstellen sollte, wusste ich noch nicht, als ich am Bordstein vor dem *Rosas* parkte und tief durchatmete. Verschrecken wollte ich Sam auf gar keinen Fall, ich war kein geifernder Kerl aus einem Club, deshalb versuchte ich mich zu beruhigen. Die Lichter im Laden waren schon gelöscht. Sam würde oben in seiner Wohnung sein. Nervös fuhr ich mir durchs Haar. So unsicher kannte ich mich nicht. Aber Sam war etwas Besonderes für mich und das wollte ich ihm unbedingt zeigen. Ich stieg aus und klingelte. Als der Summer ertönte, stieß ich die schwere Holztür auf. In wenigen Sätzen erklomm ich die Stufen zur ersten Etage, um unvermittelt stehen zu bleiben, als mir Sam, nur mit einem Handtuch um die Hüften, in seiner Wohnungstür gegenüberstand.

»Jasper, mit dir habe ich noch gar nicht gerechnet. Ist was passiert?«, fragte er irritiert, während er mich mit einer Handbewegung aufforderte einzutreten.

Ich nahm die Wassertropfen wahr, die sich einen Weg über seine leicht behaarte Brust suchten, und den verlockenden Duft seines Duschgels. Kühl und herb prickelte es in meiner Nase, als ich mich bewusst viel zu langsam und viel zu nah an ihm vorbeischob. Meinen Blick bohrte ich dabei in seine Augen. Ich wollte ihn, unsere Zeit des Wartens war vorbei. Sam schien mich zu verstehen, denn sein scharfes Luftholen blieb mir nicht verborgen.

Gut, er sollte erahnen, was mit mir los war.

Meine Haare standen in alle Richtungen ab, stellte ich fest, als ich einen Blick in Sams Flurspiegel warf. Im selben Moment drehte Sam sich zu mir um. Ich drängte mich an seine Brust, schob meine rechte Hand in sein nasses Haar und zog gierig seinen Kopf zu mir, um ihn endlich zu küssen. Unsere Lippen prallten viel zu fest aufeinander, während ich auch noch die Finger meiner anderen Hand in seinen Haaren vergrub. Ich ließ ihm keine Chance auszuweichen. Langsam drängte ich ihn an die Wand und genoss seinen Geschmack nach Zahnpasta auf meiner Zunge, die ich ihm ungestüm zwischen seine Lippen schob.

Gott, Jasper, langsam!, schoss es mir durch den Kopf, aber ich schaffte es nicht, weil mich Sams Piercing und sein Geruch zu sehr anheizten. Seufzend kam mir Sam entgegen, umspielte meine Zunge, schlug mit seiner Kugel immer wieder an meine Zähne und zog mich, völlig unerwartet, fest in seine Arme. Ich spürte, wie die Feuchtigkeit seiner frisch geduschten Haut durch mein T-Shirt drang, wie er langsam tastend mit einer Hand unter den Bund meiner OP-Hose schlüpfte, um mich noch enger an sich zu pressen.

Vor Erleichterung und Glück hätte ich laut aufschreien können. Fordernd drückte ich mich mit meinem Schritt an seinen Oberschenkel, bevor er seinen Kopf ein klein wenig hob und unsere Lippen langsam trennte, um mich erstaunt anzusehen. Mein Atem kam stoßweise, ich war hochgradig erregt und hoffte inständig, dass Sam mich jetzt nicht von sich stieß.

»Was ist denn los, hast du was eingeworfen?«, fragte er alarmiert, wobei er mich eingehend musterte.

Eingeworfen, ich?

»Nein, ich …«

»Was ist denn passiert?«

»Sam, ich möchte jetzt nicht reden, bitte«, sagte ich leise, während ich meine Finger vorsichtig aus seinem Haar löste, um damit zärtlich über seine Wangen und seinen Bart zu streichen. Als sich ein verschmitztes Lächeln auf seinen Lippen zeigte, war ich mir sicher: Er verstand.

Ich ließ mich nur zu gern von ihm rückwärts durch seine Wohnung schieben, spürte seinen Arm, den er mir um meine Schultern legte, und bemerkte seinen wissenden Blick, bevor er sich zu mir herunterbeugte. In der Hoffnung, er würde mich wieder küssen, streckte ich ihm sehnend meinen Mund entgegen. Stattdessen spürte ich seine warmen Lippen über meinen Hals wandern.

»Endlich!«, raunte er mit seiner tiefen Stimme in mein Ohr, was mir eine wohlige Gänsehaut über den Rücken jagte. Schmunzelnd sah er mir ins Gesicht, lachte leise auf, als ich ihm zögerlich zunickte und zog mich an sich heran, bis sich unsere Nasen berührten. Er zwinkerte mir zu und dirigierte mich über seinen kurzen Flur in sein Schlafzimmer. Seine grünen Augen sprühten nur so vor Belustigung, als er mich ohne Vorwarnung auf sein Bett schubste.

»Bleib so liegen!«

»Aber …«

»Jasper, tu einfach mal, was ich dir sage, okay?«

Sein bestimmender Ton machte mich seltsamerweise an. Was Sam vorhatte, wusste ich nicht, also blieb ich liegen. Erst jetzt bemerkte ich, wie hoch sein Bett war, da ich kaum mit meinen Füßen den Boden berühren konnte.

Sam steckte die Enden seines Handtuches fester, als er sich vor mich stellte. Die Unsicherheit, die ich kurz in seinem Blick erkannte, bildete ich mir sicher nicht ein. Dieser Gedanke ließ mich nervös schlucken, weil ich nicht wusste, wie ich ihm seine Scheu nehmen sollte. Ich konnte ihm nur zeigen, wie sehr ich ihn wollte.

Überrascht schnappte ich nach Luft, weil er mir unvermittelt meine Schuhe von den Füßen und gleich darauf mit Schwung meine Hose und Pants von den Beinen zog. Seine Selbstsicherheit war zurück. Sein Grinsen wirkte auf mich nun verschlagen, während er mir in den Schritt blickte und gleichzeitig unter meine Oberschenkel griff, um mich näher an die Bettkante zu ziehen.

Oh nein! Das war nicht das, was ich wollte.

Auf gar keinen Fall!

Dann würde ich nicht besser sein als all die Kerle, die er in den letzten Jahren in den Clubs getroffen hatte.

Schnell begann ich mich mit meinen Beinen aus seinem Griff zu befreien.

»Nicht, Sam! Bitte, komm her!«, bat ich sanft, setzte mich halb auf und zog ihn an seinen Schultern zu mir herunter. Erleichtert seufzte ich auf, weil er sich tatsächlich über mich beugte und sich langsam auf mich legte. Mit seinem handtuchbedeckten Unterleib rieb er provozierend über meine Mitte und jagte mir damit heiße Schauer durch den Körper. Leise stöhnend bäumte ich mich ihm entgegen auf der Suche nach mehr Reibung, wühlte mit meinen Fingern durch sein feuchtes Haar und verwickelte ihn in einen langen, verzehrenden Kuss. Ich liebte seinen Geschmack auf meiner Zunge, sein Gewicht auf mir, wie er seine Hände an mein Gesicht schmiegte und meinen Kopf dirigierte. Ich genoss es sehr, wie Sam mir entgegenkam, freute mich über seine genüsslichen, leisen Laute und schwelgte in dem wunderbaren Gefühl, ihn endlich berühren zu dürfen. Erregt streichelte ich seinen Rücken, liebkoste die zarte Haut seiner Taille und fuhr langsam tastend mit meinen Fingerspitzen an der Kante seines Handtuches entlang.

Das war ein Fehler, denn Sam verspannte sich augenblicklich. Er beendete unseren Kuss und hob den Kopf. In seinem Blick erkannte ich seine wiederaufkommende Unsicherheit – oder war es gar Furcht?

»Das Handtuch bleibt, wenn du möchtest«, stellte ich schnell klar und wartete atemlos auf seine Reaktion.

Sam zog sich noch weiter zurück, stemmte seine Arme neben mir in die Matratze und sah mich abschätzend an.

»Was willst du?«

»Dich, Sam.« Ich lächelte leicht, um ihn zu beruhigen, denn sein Gesichtsausdruck wirkte sehr irritiert.

Was daran war so verblüffend?, fragte ich mich, bevor ich leise weitersprach: »Aber ich würde dich nie zu etwas drängen, was du nicht möchtest.« Dabei streichelte ich sanft über seine Wange und hoffte, er würde mir glauben.

Um es zu verdeutlichen, nickte ich ihm beruhigend zu, nahm meine andere Hand von seinem Rücken und legte sie ihm in seinen Nacken. Dass Körperlichkeit oder vielmehr mein Begehren bei ihm so viel Unbehagen auslöste, machte mich traurig.

Sam schien mir zu glauben, denn er entspannte sich wieder. Er beugte sich zu mir, hauchte mir einen viel zu kurzen Kuss auf die Lippen und stöhnte zum ersten Mal leise auf, als ich mich mit meinem Unterleib gegen seine Mitte presste. Seinen Kopf zog ich wieder zu mir. Unsere Lippen berührten sich federleicht, unsere Blicke glitten ineinander, als ich meine Bewegung wiederholte und Sam mir zögerlich mit seinem Becken entgegenkam. Das Handtuch rieb über meine empfindliche Haut, immer mehr Lust sammelte sich in mir und ich stellte mit Freude fest, wie sich Sams Pupillen vergrößerten. Es war magisch zuzusehen, wie sich Erregung in ihm aufbaute. Ich genoss das Gefühl seiner Haut unter meinen Fingerspitzen, verfolgte meine Hände, die ich über seinen Brustkorb tiefer wandern ließ, während Sam sich immer höher stützte, um mir für meine Liebkosungen Platz zu machen. Er erhob sich seufzend auf seine Knie. Plötzlich hielt er meine Hände fest. »Du willst mich so, wie ich es möchte?«

»Ja.« Bestätigend nickte ich und wartete gespannt, während er sich tief zu mir herabbeugte.

»Guuut, Jasper, dann machen wir es so, wie ich es will«, raunte er mir zu. Er leckte mich unter meinem Ohr, eine Stelle, die ich liebte, wie er inzwischen wusste, setzte sich auf und sah mich an, als würde er auf meine Zustimmung warten.

»Ich bin mit allem einverstanden«, sagte ich. Obwohl ich viele Jahre nicht mehr mit einem Mann zusammen gewesen war, wäre ich mit Sam zu allem bereit. Kaum hatte ich ausgesprochen, spürte ich seine warmen Finger auf meinem Bauch. Mit seinen Händen schlüpfte er weiter unter mein T-Shirt, beobachtete mich dabei genau, schob es mir über die Brust und zog es über meinen Kopf. Ich blickte in seine Augen, die mich hungrig anstrahlten, als mir schlagartig bewusstwurde: Ich lag vollkommen nackt vor ihm. Sein Blick glitt über meinen untrainierten Körper. Seine Augen leuchteten mir entgegen. »Ich will dich schmecken!«

Bevor ich antworten konnte, hauchte Sam seinen feuchten, heißen Atem auf meine Brustwarze. Ich stöhnte überrascht auf und krallte meine Hände wieder in sein Haar, um seinen Kopf zu fixieren. »Das ist es?«, fragte ich enttäuscht.

»Ja«, sagte er und legte ganz leicht seine Lippen auf meinen Mund. »Lass es mich tun.«

Im ersten Moment wusste ich nicht, wie ich darauf reagieren sollte. Zärtlich strich ich ihm über den Kopf bis zum Nacken. Ich freute mich über sein genüssliches, leises Seufzen, als ich diese Bewegung wiederholte, und blickte in seine Augen, die mich bittend ansahen.

Ich wollte ihm zeigen, wie liebenswert er für mich war – das war mein Wunsch.

Er wollte mich oral befriedigen.

Unterschiedlicher konnten unsere Wünsche nicht sein, wurde mir mit Bedauern klar.

Aufmerksam schaute er mich an. Kurz nickte ich ihm zu. Erleichterung konnte ich in seinem Blick erkennen und auch Freude. Ich hob meinen Kopf und küsste ihn. Sein Bart rieb leicht über mein Kinn, als er mir entgegenkam, seine Lippen für mich öffnete. Langsam umspielte ich seine Zunge, rieb über die warme Titankugel, die mich so erregte, und genoss Sams Hände, die verlangend und fordernd über meinen Körper strichen. Sam löste sich von meinen Lippen, lächelte mir noch einmal liebevoll zu und schob sich leckend und küssend an meinem Körper hinunter. Erregt klammerte ich mich an seinen Schultern fest, hob mich ihm entgegen und schwebte in diesem fantastischen Gefühl, welches durch meinen Körper rauschte.

Ich gab mich Sam hin. So, wie er es sich wünschte.

Sein Zungenspiel war betörend und raubte mir meine letzten Zweifel. Ich spürte, wie er mit seinen Lippen immer weiter über mich glitt, genoss die feuchte Wärme und bäumte mich ihm überrascht entgegen, als er mit seinem Piercing fest unter meinem Schaft entlangglitt.

Ich trieb dahin in meiner Lust, in diesem unfassbar guten Gefühl, und ließ mich von ihm forttragen.

KAPITEL 16

Samuel

»Mmh …« Mit geschlossenen Augen genoss ich summend Jaspers Finger, die noch immer streichelnd und zwirbelnd durch mein Haar fuhren. Ich versuchte mich zu erinnern, wann ich das letzte Mal mit einem Mann entspannt in einem Bett gelegen hatte, aber es gelang mir nicht.

Bei den wenigen Malen mit Frank blieb in mir immer das Gefühl des Unvermögens zurück, eine eigenartige Leere. Unzufrieden lagen wir dann in den Kissen, starrten schweigend an die Decke und hingen unseren eigenen trüben Gedanken nach. Es war frustrierend gewesen – für uns beide.

Mein Geschlecht ignorierte Frank konsequent, seine Hände stoppten immer an meinem Hintern. Damit hatte er mir immer wieder das Gefühl gegeben, es nicht wert zu sein berührt zu werden, ebenso wie mein erster Partner Daniel. Und je öfter er das tat, desto mehr begann ich es wieder zu glauben. Ein Teufelskreis, den ich kannte und trotzdem hingenommen hatte.

Immer wieder.

Ich hatte an einer Beziehung festgehalten, die nicht funktionieren konnte. Das wurde mir erst jetzt bewusst. Frank war ein Mann mit Vorlieben, die ich nicht befriedigen konnte.

Es war ganz einfach, eigentlich.

Mit Jasper war dieser entscheidende Moment anders gewesen. Ich hatte gespürt, dass er es wirklich wollte, dass er mich wirklich wollte, aber nicht den Mut gefunden, mich von ihm berühren zu lassen.

Leider.

Jetzt bedauerte ich dies sehr.

Jaspers Atem beruhigte sich, während ich immer noch mit meinem Kopf auf seinem Bauch lag. Er hatte ihn eingezogen, als ich mit meinem Finger über seinen Körper glitt. Im Nachhinein schmunzelte ich darüber.

Ich mochte seinen Bauch. Er warm und weich und wunderbar passend für meinen Kopf. Die entspannte Ruhe, die uns umgab, war so tröstlich. Wir hatten den nächsten Schritt ohne peinliche Momente hinter uns gebracht. Ohne das dringende Bedürfnis zu reden, nur um die Stille zwischen uns zu durchbrechen. Sein Lächeln hatte nicht nur Befriedigung ausgedrückt, es lag auch seine ganze Zuneigung darin. Solch ein Lächeln wurde mir selten geschenkt. Normalerweise sah ich darin immer nur die Aufforderung, mich zu erheben, um zu gehen oder mich umzudrehen.

Auch der Kuss im Flur hatte nicht nur seine Lust widergespiegelt. Das war etwas völlig Neues. Dieses Gefühl ließ Sehnsucht in mir aufkommen. Sehnsucht nach etwas, worauf ich schon nicht mehr zu hoffen gewagt hatte. Ausgerechnet bei Jasper, der in ein paar Wochen wieder aus meinem Leben verschwinden sollte, hatte ich es gefunden.

Die Tragik entging mir nicht: Wieder würde er mich zurücklassen.

Tief atmete ich ein und presste meine Nase fest gegen seine warme Haut, was mich aufgewühlt schlucken ließ. Jaspers Körper, sein Duft faszinierten mich. Der Geschmack seiner Haut war umwerfend, wenn ich, wie jetzt, genüsslich mit meiner Zunge über seinen Bauch leckte.

Ich hatte in meinem Leben schon oft vor Männern gekniet. Das gab mir meine Art von Macht. Eine Macht über sie, die ich unbedingt brauchte.

Bei Jasper hatte es sich für mich zum ersten Mal anders angefühlt. Ich hatte vor ihm gekniet, hatte seine Leidenschaft geschmeckt und gleichzeitig seine Lust auf mich. Mich!

Dieses Gefühl war berauschend und fühlte sich fantastisch an.

Ich nahm mir vor, die verbleibenden Wochen mit ihm zu genießen. Ich würde alles, was Jasper mir von sich gab, dankbar annehmen.

Mehr war für mich leider nicht drin.

Mein protestierendes Herz versuchte ich zu ignorieren.

Als Jasper leise seufzte, hob ich meinen Kopf, schob eine Hand auf seinen warmen Brustkorb und stützte mein Kinn darauf ab, um ihn anzusehen. Ein kleines Lächeln umspielte seine Lippen, während er seine Augen aufschlug und meinen Blick suchte.

»Gott, Sam.« Er lächelte mich kopfschüttelnd an, bevor er seine Arme um meine Schultern legte, um mich weiter zu sich heraufzuziehen. Nur zu gern brachte ich unsere Gesichter auf gleiche Höhe, schaute dabei in seine rauchfarbenen Augen, die jetzt so viel dunkler wirkten, und sog seine Befriedigung in mich auf.

»Du weißt, dass ich das so nicht vorhatte«, stellte er leise fest.

»Ja, aber ich.« Zärtlich drückte ich ihm einen Kuss auf seine Lippen, schmeckte sie ein letztes Mal, bevor ich mich zur Seite drehte, um mich neben ihm auf die Bettkante zu setzen.

Natürlich wusste ich, was er meinte. Jasper würde niemals fordern, das hatte er nie getan. Er war immer der gewesen, der gab. Aber anders konnte ich ihm meine Zuneigung nicht zeigen. Meine Hemmungen waren noch zu groß. Damit hatte ich ihn nicht nur überrumpelt, sondern auch enttäuscht, das war mir sehr wohl bewusst.

Jasper schmiegte sich an meinen Rücken, legte mir seine Arme um die Taille und seine Wange auf meine Schulter, nachdem er mich kurz unter meinem Ohr geküsst hatte. Ich genoss die Nähe, die er bei mir suchte. Seine streichelnden Lippen fuhren ganz leicht über meinen Hals. Ich schloss genießend die Augen.

»Wo willst du hin?«, fragte er flüsternd, um mir im nächsten Moment mit einem Finger in den Bauchnabel zu pieken. Mit einem viel zu hohen Ton schnellte ich vom Bett und hörte Jasper hinter mir leise auflachen.

»Jasper, verdammt«, rief ich aufgebracht und drehte mich zu ihm um. Jasper ließ sich lachend in die Kissen zurücksinken.

Dieses Aas hatte also nicht vergessen, wo ich kitzelig war.

Irgendwas musste bei ihm in der Klinik passiert sein, denn wie er sich heute verhielt, hatte ich ihn in den letzten Wochen noch nicht erlebt. Schmunzelnd beobachtete ich ihn, drehte mich um, streifte das Handtuch ab und schlüpfte in meine Unterwäsche, um mich endlich anzuziehen. »Kino können wir wohl vergessen, oder?«

»Ja«, bestätigte er, während er sich lachend aufsetzte.

Ich mochte, was ich sah. Jasper passte hervorragend in mein Bett, wie ich wehmütig feststellen musste. Er strich sich durch seine zerzausten Haare und ließ seinen Blick langsam durch mein Schlafzimmer wandern. Ich versuchte es mit fremden Augen zu sehen und war recht zufrieden. Mein Bett mit dem hohen, dunkelbraunen Kopfteil im Chesterfield-Stil passte farblich zu der moccafarbenen Wand gegenüber, an der eine Kohlezeichnung mit einem männlichen Akt hing.

Ein Klischee!

Mein Klischee, denn ich mochte gezeichnete Akte, also warum sollte ich mir keinen in mein Schlafzimmer hängen?

Die weiß gekalkten Holzdielen waren gar nicht amerikanisch und mein großer Kleiderschrank war nicht in eine Wandnische eingebaut. Eine Massivholztruhe und ein kleiner Holzhocker mit Schublade neben meinem Bett rundeten das Gesamtbild ab. Jaspers Blick blieb an dem einzigen Gegenstand hängen, der nicht in diesen Raum passte, jedenfalls farblich nicht. Staunend krabbelte er aus dem Bett und stellte sich vor das kleine Bild mit dem roten Kunststoffrahmen, welches zwischen Fenster und Schrank in einer Nische hing. Mein Herz klopfte viel zu schnell. Langsam ließ ich meinen Blick über seine Kehrseite gleiten, als er den Kopf zu mir wandte.

»Du hast es noch«, flüsterte er ergriffen und strich mit einem Finger über das Plexiglas.

»Natürlich«, bestätigte ich. Natürlich hatte ich sein Abschiedsgeschenk von damals noch, aber auch nur aus diesem einen Grund. Alle anderen Bilder von mir aus Deutschland hatte meine Mutter auf dem Dachboden gelagert.

»Oh Mann«, lachte er plötzlich los, »sahen wir ohne Schneidezähne furchtbar aus! So hatte ich uns gar nicht mehr in Erinnerung.«

»Ich schon«, sagte ich leise, »aber ich sehe es auch jeden Tag.« Um mich abzulenken, schnappte ich mir eine gemütliche Jogginghose mit einem T-Shirt aus dem Schrank und hielt Jasper seine Pants entgegen. Von mir aus hätte er auch nackt bleiben können. Aber ich bemerkte sein Unbehagen, während er sich zu mir umdrehte.

Das fand ich merkwürdig, denn an Jaspers Körper gab es nichts auszusetzen. Im Gegenteil: Endlich mal ein Mann, der sich nicht mit Sport malträtierte, weil er glaubte, irgendeinem Ideal hinterherrennen zu müssen. Dieser Umstand machte ihn noch attraktiver, als er es eh schon für mich war. Bretthartе Bäuche waren nicht das Nonplusultra, wenn das Hirn dabei leer blieb.

Langsam verließ ich mein Schlafzimmer.

»Ich geh kurz ins Bad«, hörte ich ihn rufen, während ich grübelnd vor meinem geöffneten Kühlschrank stand und überlegte, was ich uns zu essen machen könnte. Viel hatte ich nicht da, aber für ein Omelett mit Schinken und Tomaten würde es reichen.

Die Zwiebeln brutzelten schon in der Pfanne, als Jasper zögernd neben mich trat. Er hatte lange gebraucht, zu lange. Seufzend strich er sich durch die Haare. Grübelte er? War ihm im Bad erst bewusstgeworden, was geschehen war, oder zweifelte er gar? Ich spürte, wie ich mich verspannte. Er sollte nicht zweifeln, denn ich tat es ausnahmsweise mal nicht.

»Jasper, hör zu …«

»Sam, ich möchte …«

Wir sprachen beide gleichzeitig und endeten abrupt. Jeder wartete, ob der andere weiterredete. Als Jasper sich mit einem nicht zu deutenden Gesichtsausdruck umdrehte, befürchtete ich, er würde wortlos gehen, doch er setzte sich an meinen kleinen, runden Esstisch.

Angelehnt an die Arbeitsplatte beobachtete ich ihn und kippte die geschlagenen Eier, den Schinken und die Tomaten in die heiße Pfanne.

»Willst du mir erzählen, was los ist?«, bat ich ihn. Irgendwie mussten wir anfangen. Er seufzte und begann von seinem Tag zu berichten. Während Jasper erzählte, kümmerte ich mich um unser bescheidenes Essen, stellte eine Flasche Wasser mit Gläsern auf den Tisch und verteilte das fertige Omelett auf unseren Tellern.

»Du glaubst, es war ein Test?«, fragte ich, bevor ich den ersten Happen nahm.

»Ich glaube es nicht nur, ich weiß es sogar.«

»Woher?«

»Oh, danach wurde ich freundlich zu einem Gespräch gebeten.« Kopfschüttelnd griff er nach seinem Besteck.

»Von Moore?«

Jasper nickte, wobei er mit seiner Gabel das Omelett mehr zerrupfte als es zu essen.

»Es war sein Test, um zu sehen, ob ich den Mut hätte, mich gegen ihn aufzulehnen.«

»Ist nicht wahr.« Betroffen lehnte ich mich zurück.

»Doch«, bestätigte er. »Es ging ihm gar nicht um das verdammte Kippen des Tisches. Es ging ihm darum zu sehen, ob ich auf eine wichtige Kontrolle verzichten würde, weil er es von mir verlangte.«

»Das ist böse«, murmelte ich fassungslos.

»Ja, das ist es«, pflichtete er mir leise bei und begann endlich zu essen.

»Er hätte dich auch rausschmeißen können, richtig?« Was das bedeutete, wurde mir jetzt erst klar. Jasper hätte viel schneller als geplant nach Deutschland zurückkehren müssen.

»Stimmt.«

»Dann ist es gut, wie es gelaufen ist. Sonst würden wir jetzt nicht hier sitzen«, stellte ich grinsend fest, woraufhin Jasper seinen Mund langsam aufklappte. »Komm schon, es war heiß und dringend nötig«, entgegnete ich und wartete auf Jaspers Erwiderung.

»Du fandst es heiß?«, fragte er, starrte mich an und ließ das Besteck auf seinen Teller fallen.

War das Unglaube, was ich in seinem Blick erkennen konnte?

Warum?

»Klar«, bestätigte ich und schenkte ihm ein verwegenes Lächeln.

»Ich habe dich benutzt«, setzte er an, schob seinen Teller von sich und ließ sich an seine Stuhllehne zurücksinken, bevor er mich entschuldigend anschaute. »Sam, damit bin ich nicht besser, als die …«

»Du hast mich nicht benutzt!«, unterbrach ich ihn bestimmt, weil ich diesen Gedanken völlig abwegig fand. Ich wusste, was es hieß, benutzt zu werden, und das, was eben zwischen uns passiert war, war tausend Meilen davon entfernt. »Ich hätte dich auch abwimmeln können. Ich habe es nicht getan, weil ich es wollte. Weil ich dich endlich wollte.«

»Aber ich wollte dir …«

»Ich kann mir denken, was du wolltest, wirklich«, sagte ich, um ihm sein schlechtes Gewissen zu nehmen. Natürlich wusste ich es oder ahnte es zumindest, aber dafür fühlte ich mich noch nicht bereit. Er atmete tief durch, bevor er das aussprach, wovor ich mich fürchtete.

»Wir müssen reden.«

Diese drei Worte versetzten mich in Alarmbereitschaft.

Das taten sie immer.

KAPITEL 17

Samuel

»Erzähl mir von ihnen«, bat er mich leise.

Was er meinte, brauchte ich nicht zu fragen.

Jasper verschränkte seine Arme auf dem Tisch und sah mich aufmerksam an.

Ich würde es tun, entschied ich. Er hatte es verdient.

»Daniel lernte ich kennen, als ich zwanzig war. Er war mein erster fester Freund, den ich vergötterte. Neun Jahre älter als ich und ein Blender, zu dem ich aufsah, bis der Alkohol ihn enttarnte. Daniel war schön, intelligent und erfolgreich, der geborene Macher in seinem Beruf als Werbedesigner mit eigener Firma. Verehrt und geliebt von Männern und Frauen gleichermaßen. Ich liebte ihn oder glaubte ihn zu lieben, weil er sich für mich entschied. Ein Trugschluss, wie sich herausstellen sollte, als sein beruflicher Erfolg nachließ und sein Alkoholkonsum zunahm. Er begann mich zu demütigen mit Aussagen zu meinem Körper. Je erfolgloser er wurde, desto mehr befeuerte er mein eigenes Gefühl der Unfertigkeit. Ich litt unter seinem Spott. Er zog mich damit auf, kein richtiger Mann zu sein, weil mir ein Schwanz fehlte. Ich war gefangen in einer Abhängigkeit, die ich mir heute nicht mehr erklären kann. Damals gierte ich nach seiner Aufmerksamkeit und erkannte zu spät, wie er mich erniedrigte und sich daran ergötzte, um seine eigene Unsicherheit zu überspielen.

Zwei Jahre brauchte ich, um mich aus dieser kranken Beziehung zu befreien. Ich war am Ende – wieder einmal.

Danach kapselte ich mich ab. Die Uni und meine Familie blieben die einzigen Berührungspunkte mit der Außenwelt, die ich mir noch erlaubte.«

Seufzend legte ich eine kurze Erzählpause ein. An Jaspers Mine erkannte ich seine Bestürzung. Als er gerade etwas sagen wollte, hob ich bittend eine Hand. Ich musste reinen Tisch machen – jetzt. Damit er mich besser verstand.

Schweigend nickte er.

»Nach knapp einem Jahr ging ich zum ersten Mal in einen Club. Von da an regelmäßig, immer wieder, wenn ich körperliche Nähe brauchte. Ich genoss die kurzen Gespräche mit den Männern an der Bar, obwohl von Anfang an klar war, was folgen würde. Bald konnte ich diese Treffen nur noch mit Hilfe von Alkohol und Tabletten ertragen. Ich begann mich vor ihren suchenden Händen an meinem Schritt zu fürchten. Ich blockte sie ab, immer. Meine Angst, entlarvt zu werden, war einfach zu groß. Irgendwann schämte ich mich nur noch. Außerdem fühlte es sich falsch an. Das war nicht das, was ich eigentlich suchte, verstehst du?«, fragte ich leise.

Als Jasper vorsichtig nickte, erzählte ich ihm von meiner andauernden Unsicherheit. Meinem immer wiederkehrenden Gefühl des Unfertigseins. Von meinen Ängsten, meinen Selbstzweifeln und meiner Hoffnung, irgendwann wieder mit mir im Reinen sein zu können.

Und von Frank natürlich. Unserer On-Off-Beziehung, in die ich immer mehr hineininterpretierte als vorhanden war, aus Angst, wieder allein zu sein.

Erschöpft und aufgewühlt lehnte ich mich an meinen Stuhl.

Es war alles gesagt.

Es kam fast einer Beichte gleich.

Ich war mir sicher, dass ihm Brian nicht alles über mich erzählt hatte, denn Jasper wirkte sichtlich erschüttert. Wohl zu Recht. Meine Geschichte war nicht alltäglich und ganz sicher nicht typisch für einen Transmann – aber was war schon typisch?

Noch immer lehnte er mit verschränkten Armen auf meinem Tisch und schüttelte leicht den Kopf. In seinem Blick erkannte ich Fassungslosigkeit, gleichzeitig Trauer um mich und Zuneigung, die er mir zeigte, indem er mir langsam eine Hand entgegenstreckte. Ich legte meine Hand in die seine und ließ den Trost, den sie mir spenden sollte, zu.

»Warum hast du dir das all die Jahre angetan?«, fragte er, noch immer bestürzt.

»Ich war auf der Suche nach ein bisschen Glück oder Frieden oder auch bloß Zufriedenheit. Nenn es, wie du willst.«

»Gott, Sam! Darum nun doch dein Wunsch nach einem Aufbau?«

»Auch … ja.« Meine Hand zog ich zurück und widmete mich dem lauwarmen Omelett, um meine aufkommende Nervosität zu überspielen. Jetzt kam der Teil des Gespräches, dem ich auf Brians Terrasse erfolgreich ausgewichen war. Heute würde es mir nicht mehr gelingen, da war ich mir sicher.

Das setzte mir zu. Mehr als meine Offenbarung eben.

»Nach all dem, was du mir erzählt hast, glaube ich noch immer, dass du dir die falschen Männer ausgesucht hast.«

»Kann schon sein. Aber ich kann mir keinen passenden backen, Jasper! Außerdem geht es nicht um sie, es geht um mich.«

»Richtig! Es geht nur um dich, Sam! Was ist, wenn bei der Operation etwas schiefgeht? Hast du jemals daran gedacht?«

»Sicher habe ich das.« Ich war ja kein Idiot, der sich leichtfertig für solch einen entscheidenden Eingriff unters Messer legte. »Ich muss darauf vertrauen, dass alles glattgeht und ich nicht dabei drauf.«

»Du sprichst vom Sterben? Einfach so?«

»Na ja, wenigstens merke ich davon dann nichts. Ich werde in Narkose liegen und …«

»Sam, du bist doch nicht lebensmüde!«, unterbrach er mich und zeigte dabei mit seiner Gabel auf mich. »Die wenigsten sterben während einer Operation, da kann ich dich beruhigen, aber darum geht es mir gar nicht. Es geht mir um die Risiken des Aufbaus!«

»Die kenne ich!« Ich ahnte, auf was er hinauswollte.

»Und trotzdem diese OP? Was machst du, wenn es Probleme mit der Wundheilung gibt? Was ist, wenn die Nerven nicht mitwachsen? Schon mal daran gedacht?«

Sein Blick wirkte fast anklagend. Ich konnte es ihm nicht verdenken. Natürlich hatte ich schon daran gedacht, es machte für mich aber keinen Unterschied. Bevor ich ihm das mitteilen konnte, feuerte Jasper das ultimative Argument auf mich ab.

»Dann bist du empfindungslos, Sam! Wenn es Probleme mit den Nerven geben sollte, wird dir die Möglichkeit genommen, jemals wieder ein lustvolles Liebesleben haben zu können. Ist es dir das wirklich wert?«

»Ja, das ist es, denn ich hatte nie eins«, murmelte ich leise.

»Wie bitte?«

»Ich kann nichts vermissen, was ich nie hatte«, sagte ich lauter. Aber Jasper hatte mich schon beim ersten Mal verstanden. Sein Entsetzen zeigte sich überdeutlich in seinem Gesicht. Ich konnte ihn durchaus verstehen, aber er hätte nur eins und eins zusammenzählen müssen. Ohne fremde Berührung an meinem Geschlecht konnte es kein erfüllendes Liebesleben geben, so einfach war das. Und mir selbst Befriedigung zu verschaffen, war damit sicher nicht vergleichbar.

»Sam, … das …«

Ihn stotternd zu erleben, war mir neu.

KAPITEL 18

Jasper

Barbecues mit der Familie Meyers waren schon in meiner Jugend ein echtes Highlight für mich gewesen. Jetzt glich es eher einem chaotischen Familienfest, mit den angeheirateten Partnern und dazugehörigen Kindern.

Rosa, Sams Mutter, hatte sich wie immer mit dem Essen schwer ins Zeug gelegt. Wenn ihre Kinder sich zusammenfanden, was selten genug vorkam, lief sie zur Höchstform auf. Wer die ganzen Fleisch- und Salatberge heute Mittag vernichten sollte, die auf dem großen Gartentisch und rund um den Grill herum verteilt waren, war mir ein Rätsel.

Amüsiert lehnte ich am Esstresen, der die Küche vom Wohnraum trennte, um durch die geöffneten Glastüren hinaus auf die Terrasse zu sehen. Beckys vierjährige Tochter Hazel tobte kreischend um den Tisch herum und versuchte vergeblich die Hündin des Hauses zu fangen, um ihr ihre klebrigen Finger ins Fell zu graben. Ich konnte Dottys Flucht gut verstehen. Sie war eine alte Retriever-Dame mit Hüftproblemen, kein Plüschtier, das man durch die Gegend zerrt. Die Erwachsenen am Tisch schien ihr verzweifeltes Bellen nicht zu stören.

Becky hatte sich kaum verändert. In ihrem ärmellosen, pinkfarbenen Overall, ihren schreiend roten Stiefeln, und ihren kurzen, schwarz gefärbten Haaren sah sie noch immer genauso durchgeknallt aus wie damals. Sie war eine Frau mit schrägem Humor, anstrengend, laut und fordernd. Ziemlich cool. Ihr Mann James war das genaue Gegenteil: still, ausgleichend und überlegt. Er erdete sie, hatte Sam mir erzählt, was wohl auch dringend nötig war. Aber so richtig hatte ich ihn noch nicht kennengelernt.

Die zwei sowie Brian und Lucy unterhielten sich einfach weiter, wobei sie ihre Stimmen an den Lärm anpassten.

Rosa stand bei ihrem Mann Andrew am Grill und versuchte ihn zu überreden den gefühlt zwanzigsten Burger noch mit auf den Rost zu legen, obwohl der schon vor marinierten Steaks und Würstchen überquoll. Auf ihrer Hüfte wippte Joe, Brians und Lucys Sohn, der mit seinem einen Jahr sicher viel lieber weggekrabbelt wäre, als bei seiner Grandma festzusitzen.

Einzig Sam war die Ruhe in Person. Zurückgelehnt in einer alten Hollywoodschaukel genoss er es sichtlich, seinen fünf Monate alten Neffen auf der Brust liegen zu haben. Joshua war das jüngste Kind seiner Schwester. Sam mit einem Säugling auf dem Arm zu sehen wärmte mir das Herz. Wie sanft und beruhigend dieser große Kerl über den winzigen Rücken strich, während er sich sein T-Shirt vollsabbern ließ, war unglaublich schön mitanzusehen.

An Kinder hatte ich nie gedacht, zumal ich noch knapp ein Jahr brauchen würde, bis ich mit meiner Ausbildung endlich fertig war, und Lena …

Lena.

Lena war hier in den Staaten so weit weg für mich. Ich müsste ein schlechtes Gewissen haben. Doch ich hatte keins, was mich irritierte. Sechs Jahre waren wir ein Paar gewesen. Ich hatte sie aufrichtig geliebt, liebte sie wahrscheinlich noch immer, denn Liebe konnte man nicht einfach ausschalten. Aber die Tür, die Sam vor über zwölf Jahren so lautstark geschlossen hatte, öffnete sich wieder und diese Chance wollte ich mir diesmal nicht entgehen lassen.

Mit ihm fühlte ich mich wie in einer Berg- und Talbahn. Die Wochen, die wir umeinander herumschlichen, waren hoffentlich vorbei, besonders nach unserem klärenden Gespräch. Beide hatten wir Angst vor Zurückweisung gehabt, obwohl wir es spürten: Da war mehr als tiefe Freundschaft. Was das genau war, wollten wir gemeinsam herausfinden. An dem Abend war ich über ihn hergefallen; das wunderte mich selbst jetzt noch. Trotzdem war es das Beste gewesen, was uns passieren konnte.

Nach dem, was er erzählt hatte, verstand ich seine Angst jedoch nun sehr viel besser und hoffte sie ihm nehmen zu dürfen – irgendwann. Sam hatte es mehr als verdient geliebt zu werden.

Ob er es zulassen würde, wusste ich nicht.

Die lauter werdenden Schritte von Rosa rissen mich aus meinen Gedanken. Sie ließ mir kaum Zeit, mich zu sammeln, denn sie hielt mir Joe entgegen. »Jasper, sei so nett und nimm mal kurz den Stinker, ich will nur schnell das Fleisch abdecken«, sagte sie lächelnd. Sie drückte mir Joe in die Arme und ging an mir vorbei.

»Okay«, erwiderte ich perplex und versuchte ihn mir mit ausgestreckten Armen auf Abstand zu halten. Joe schien das nicht im mindesten zu stören. Er strahlte über das ganze Gesicht, ruderte mit seinen Armen und brabbelte mir Spuckeblasen entgegen. Laut lachte ich auf. Seine hohen, gutgelaunten Töne passten überhaupt nicht zu dem penetranten Gestank, der von ihm ausging.

Wie konnte man nur fröhlich sein, wenn man seine Hosen gestrichen voll hatte?

»Willst du ihn saubermachen?«, fragte Rosa schmunzelnd, wobei sie mir eine bunte Wickeltasche entgegenhielt.

»Äh«, krächzte ich überrumpelt. Aber bevor ich antworten konnte, brach Sams Mutter schon in lautes Gelächter aus.

»Oh, Jasper, du solltest dein Gesicht sehen«, rief sie, schnappte den kleinen Kerl aus meinen Händen, klemmte ihn sich unter den Arm, damit sein Po nicht mit ihr in Berührung kam und drehte sich Richtung Esszimmertisch. »Na, kommen Sie, Herr Doktor. Wer Menschen aufschneiden kann, kann auch einen vollgeschissenen Kinderhintern ertragen«, meinte sie glucksend und legte Joe vor sich auf die Tischplatte. Mit gebührendem Abstand blieb ich neben ihr stehen, während sie dem strampelnden Kind geschickt die Windeln wechselte. Die Feuchttücher, die ich ihr zwischendurch anreichen musste, hätte ich mir lieber vor meine Nase gehalten. Aber diese Genugtuung wollte ich ihr dann doch nicht gönnen.

»Hast du einen Moment?«, fragte sie mich zögernd, nachdem sie Joe wieder frisch angezogen auf den Boden gesetzt hatte, damit er Richtung Terrasse wegkrabbeln konnte.

»Klar.« Ich ahnte, über was sie mit mir sprechen wollte.

Wir stellten uns hinter die Küchentheke, um die anderen im Blick zu haben.

»Es ist schön, dass du wieder da bist, aber das habe ich dir ja schon gesagt.« Ihr Lächeln wirkte aufrichtig. Ich wandte mich ihr ganz zu und beobachtete, wie sie sich ihr Haar hinter ihre Ohren strich. Diese Geste war mir von früher vertraut, denn schon damals trug sie ihre Haare zu einem Bob geschnitten. Und wenn sie nervös war, ertrug sie die kinnlangen

Spitzen nicht in ihrem Gesicht. Was auch immer sie mit mir besprechen wollte, es schien ihr schwerzufallen, die richtigen Worte zu finden.

»Weißt du, Jasper, wenn du bei uns bist, ist Samuel wie ausgewechselt.«

»Was meinst du?«, fragte ich verdutzt.

»Irgendwie ausgeglichener, ruhiger, zufriedener«, erklärte sie, wobei sie immer leiser wurde. »Fröhlicher, … einfach glücklicher«, sagte sie noch und hielt sich im nächsten Augenblick ihre Hände vors Gesicht.

»Hey«, murmelte ich berührt. Sie beugte sich über die Theke, um sich eine Serviette zu schnappen. Damit hatte ich nicht gerechnet, denn weinend hatte ich Rosa noch nie erlebt.

»Geht schon wieder«, sagte sie rau, nachdem sie sich leise geschnäuzt hatte. »Du weißt, was die letzten Jahre passiert ist?«

»Ja. Brian hat mir viel erzählt.«

»Das waren Sams Tiefpunkte. Damit gerechnet hatten wir schon viel früher.«

»Du meinst seine depressiven Phasen?«

»Ja. Es war furchtbar, ihn so zu erleben, besonders nach Daniel, aber auch schon während der ersten Highschooljahre. Nicht nur das Mobbing, sondern auch der ganz normale Alltag. Ich glaube, das alles hat er immer noch nicht richtig überwunden. Es belastet ihn sehr.«

Natürlich verstand ich, was sie mir damit sagen wollte. Ich kannte auch die ganze Bandbreite der Probleme, die Menschen wie Sam in diesem Alter hatten. Die Toilettenfrage in der Schule, die Einteilung nach Geschlechtern beim Schulsport inklusive der fehlenden Umkleideräume und Duschen. Die Jahre die sie im »anderen Geschlecht« gelebt haben und für die sie einen Beleg vorweisen mussten, um endlich einen neuen Pass oder hier in den USA einen Führerschein mit ihrem Namen beantragen zu dürfen. Die vielen notwendigen Gespräche bei Therapeuten und Ärzten für die Hormontherapien. Ausgrenzung überall und mittendrin Jugendliche, die auf Grund ihres Alters schon genug Probleme hatten.

»Weißt du«, begann sie, bevor sie sich zu mir herüberlehnte. »Manchmal verstehe ich dieses Land nicht. Sie erlauben Sechzehnjährigen alleine Auto zu fahren. Aber wir mussten bis zu seinem einundzwanzigsten Geburtstag bei den Gesprächen für die Kostenübernahme seiner Hormontherapien oder die Entfernung seiner weiblichen inneren Organe anwesend sein und für ihn unterschreiben. Es ist demütigend.«

Verstehend nickte ich, bevor wir beide schweigend zur fröhlichen Runde auf der Terrasse blickten. Brian und Lucy lächelten sich gerade wie frisch verliebte Teenager zu.

Becky und James tobten hinter Hazel her. Sie scheuchten sie über den Rasen zu Andrew, der sie freudestrahlend in die Luft warf, nachdem sie sich ausgelassen kreischend hinter seinen Beinen versteckt hatte. Dotty war in den Schatten eines alten Apfelbaums geflüchtet. Ich bezweifelte, ob ihr dort tatsächlich Ruhe vergönnt war, denn Joe krabbelte viel zu schnell auf sie zu. Und Sam lag noch immer mit geschlossenen Augen in der Hollywoodschaukel, zusammen mit einem tief schlafenden Joshua.

»Sieh ihn dir an«, sagte sie ruhiger. »So entspannt habe ich ihn seit Jahren nicht mehr erlebt.« Rosa wandte mir mit einem wehmütigen Lächeln ihren Kopf zu und schaute mich aus jenen grünen Augen an, die Sam von ihr geerbt hatte.

»So war er nur, wenn du da warst. Ich hatte immer das Gefühl, dass er nur dann er selbst sein konnte, verstehst du? Du hast ihn von Anfang an genommen, wie er war, auch als …, als … Natalie«, flüsterte sie leise. Ich verstand sie kaum noch. Mitfühlend legte ich ihr meine Hand auf die Schulter, während sie zittrig Luft holte. Es musste lange her sein, seit sie den Namen ausgesprochen hatte. Seufzend lehnte ich mich auf meine Ellenbogen. »Na ja, ich mochte meine Freundin, die sie ja nie war und ich mochte Sam. Für mich gab es keinen Unterschied.«

»Ich weiß. Andrew und ich konnten das sehen. Besonders in dem letzten Sommer, in dem du bei uns warst.«

Ich lächelte und sie zwinkerte mir zu.

»Er hat dich schon immer geliebt, das weißt du, oder?«

»Sagen wir mal so: Ich habe es im Nachhinein vermutet. Aber damals war ich zu jung, um es zu erkennen.«

»Ja, das stimmt. Und du?«, fragte sie und fügte schnell hinzu: »Entschuldige, das geht mich nichts an.«

»Nein, es ist okay.« Ich spürte, wie mir ihre Frage tatsächlich nichts ausmachte. »Ich mochte Sam schon immer«, begann ich vorsichtig und überlegte, wie ich ihr diese Frage ehrlich beantworten sollte. »Bis zu meinen letzten Ferien bei euch war es mir nie bewusst gewesen, dass ich mich nicht nur zu Mädchen hingezogen fühle. Na ja und dann sah ich

Sam wieder. Ich war irritiert, aber nicht entsetzt oder so was. In den fünf Wochen habe ich mich in ihn verliebt und …«

»Und dann kam der letzte Abend im Fernsehraum«, unterbrach sie mich.

»Richtig, im Fernsehraum.« Daran denken wollte ich nicht mehr. Es war zu lange her. »Der ist aber nicht mehr wichtig, wir haben uns ausgesprochen.«

»Das habe ich mir gedacht. Und nicht nur das«, sagte sie schmunzelnd.

Oh Mann, Mütter und ihre Antennen.

»Kein Kommentar«, sagte ich gespielt entrüstet und entlockte ihr damit herzliches Lachen.

»Du weißt von seinem Termin im Oktober?«, fragte Rosa.

»Ja, auch darüber haben wir gesprochen.«

»Und was hältst du davon?«

Als ich ihr meine persönliche Einschätzung darlegte, hörte sie mir aufmerksam zu. Besonders, als es um die Risiken ging, die ich ihr nicht verschwieg.

»Also würdest du ihm davon abraten?«

»Ja. Aber nicht nur wegen der Risiken, sondern weil ich der Meinung bin, dass Sam schon jetzt genauso viel Mann ist, wie nach einer letzten geschlechtsangleichenden Operation.«

Sie wirkte erleichtert. »Gut. Und, wirst du es tun, wirst du ihm abraten?«

»Nein.«

»Nein?«, fragte Rosa. »Aber warum nicht? Wenn ihm jemand diesen Eingriff ausreden kann, dann du!«

»Rosa, wenn Sam diesem Aufbau braucht, dann muss er ihn machen lassen.«

»Aber …«

»Nein«, unterbrach ich sie leise, aber bestimmt. »Er entscheidet! Es geht ganz allein um ihn.« Meine Antwort gefiel ihr nicht, das sah ich ihr an. Aber ich war nicht für Rosas Seelenheil verantwortlich.

»Du hast Recht«, pflichtete sie mir nach kurzer Zeit seufzend bei und lächelte mir zaghaft zu, als Andrew uns von draußen zum Essen rief. Als wir uns auf den Weg machten, drehte sich Rosa noch mal zu mir um. »Es freut mich, dass du wieder da bist, wenn auch nur für kurze Zeit.« Sie legte mir einen Arm um die Hüften und zog mich mit sich in das Meyersche Chaos hinein.

KAPITEL 19

Samuel

Jasper wieder zwischen meiner Familie zu sehen, gab mir ein friedvolles Gefühl. Und die Blicke, die er mir hin und wieder zuwarf, verursachten ein warmes, nervöses Flattern in meinem Bauch. So war ich noch nie zuvor von einem Mann angesehen worden, der mich näher kannte.

Jasper sah *mich*.

Zum ersten Mal erlebte ich, wie sich das anfühlte.

Es war ein unbeschreiblich gutes Gefühl.

Es ließ mich leicht werden.

Wir hatten uns ausgesprochen. Endlich.

Das Gespräch an meinem Küchentisch würde ich als reinigend bezeichnen. Nachdem Jasper sich wieder gefangen hatte, sprachen wir über uns. Er versicherte mir er sei bereit sich auf mich, auf uns einzulassen.

Ich glaubte ihm.

Wir konnten beide bei null starten. Einen Vorteil sah ich in seinem Beruf und seiner persönlichen Einstellung. Zum ersten Mal würde ich nichts erklären müssen, weder mich noch meinen Körper. Das nahm mir eine Menge Druck. Einfach nur *ich sein* zu dürfen, darauf freute ich mich; gleichzeitig beschlich mich ein vages Gefühl der Angst. Ich müsste über meinen Schatten springen.

Müsste Berührung zulassen – mich zeigen.

Ob ich diesen Mut finden würde, blieb abzuwarten. Andererseits konnte ich es kaum erwarten. Ich sehnte mich danach, nur genießen zu dürfen. Jasper schien es nicht anders zu gehen.

Langsam lehnte ich mich zurück und ließ meinen Blick über die Mitglieder meiner Familie schweifen. Wir waren eine eingeschworene Truppe. Das konnte ich mit tiefster Überzeugung sagen. Streit gab es selten und wenn, waren diese Auseinandersetzungen immer fair und respektvoll, nie verletzend oder gar ausgrenzend. Jasper fügte sich wieder so leicht in unsere Gemeinschaft ein, als hätte es die zwölf Jahre seiner Abwesenheit nie gegeben.

Auch das gab mir ein gutes Gefühl.

Dankbarkeit machte sich in mir breit und tiefes Glück.

In ihrer Mitte war ich, wenn auch nur für ein paar Stunden, in der Lage, meine Sorgen und meinen Kummer zu vergessen. Diese kurze Zeit, wenn wir alle zusammen waren, gab mir das Gefühl, angekommen zu sein. Hier konnte ich auftanken, denn ich wusste: Ich wurde geliebt.

»Hast du den Rest des Wochenendes frei?«, fragte Lucy Jasper gerade.

»Ja, Gott sei Dank. Ich bin erste heute Morgen um zehn Uhr aus dem Nachtdienst gekommen.«, antwortete er.

»Wann hast du angefangen, gestern Abend?«

»Nein.« Jasper lächelte mir über den Tisch hinweg zu. »Gestern Morgen um acht Uhr, ganz normal, wie immer.«

»Wie immer?«, fiel ihm mein Dad ins Wort. »Du arbeitest über vierundzwanzig Stunden durch?« Überrascht blickten die anderen ihn an.

»Theoretisch ja, aber nachts ist es schon ziemlich ruhig, nicht wie in einem Notfallkrankenhaus.«

»Aber du bist abrufbereit. Oder nicht?«, schaltete sich jetzt auch mein Schwager James ein.

»Ja, aber die Couch im Ärztezimmer ist wirklich bequem.«

Meine Mutter blickte ihn kopfschüttelnd an und stand auf, um den schlafenden Joshua aus der Hollywoodschaukel zu holen. Ich hatte ihn dort abgelegt, um in Ruhe zu essen.

»Ich fand das ja schon immer hochinteressant«, begann Becky und ich ahnte, auf was sie hinauswollte, als sie sich zu Jasper lehnte. »Welche Operation ist denn schwerer, die von Mann zu Frau oder umgekehrt?«

Jasper blickte hilfesuchend über den Tisch zu mir. Im selben Moment ließ mein Dad sein Besteck lautstark auf den Teller fallen. »Becky, also wirklich! Kann man in diesem Haus nicht einmal in Ruhe essen, ohne sich über Stillprobleme, die Konsistenz von Kinderkacke oder Operationen unterhalten zu müssen?«

»Nein«, antworteten Brian und ich wie aus einem Mund, bevor wir auflachten.

»Ach, Schatz«, warf meine Mutter lachend ein, »jetzt tu doch nicht so. So war es doch immer, oder nicht?«

Zur Essenszeit war mein Vater zu Hause, also war das unsere Zeit für wichtige Gespräche.

»Ja, aber jetzt haben wir doch wohl genug Zeit, ohne diese Themen am Tisch zu sitzen und zu essen«, entgegnete er entschieden.

»Also, mich würde das auch interessieren«, mischte sich nun Lucy ein und grinste verschwörerisch, weil mein Dad demonstrativ die Augen rollte.

Keiner von uns hatte je Hemmungen gehabt, über problematische Dinge zu sprechen, außer meinem Schwager James, der verwundert von einem zum anderen blickte. James gehörte schon viele Jahre zur Familie. Daran gewöhnt offen zu sprechen hatte er sich nicht. Er schüttelte den Kopf, richtete den Blick auf seinen Teller und aß weiter, als würde es die Diskussion gar nicht geben. Auch eine Art von Protest.

Mein Dad fühlte sich in der Minderheit und wandte sich wieder seinem Essen zu.

Jasper schien nicht zu wissen, wie er sich verhalten sollte, als ihm meine Mutter auf sein Bein schlug und ihn bat anzufangen. »Egal, was du sagst«, nuschelte sie, wobei sie mit ihrem Kopf zu Hazel deutete, »erzähl es so, dass es nicht alle Ohren begreifen.«

»Okay. Also, anspruchsvoll sind sie natürlich beide, sogar sehr. Vergleichen lassen sie sich nicht«, begann Jasper, schaute in unsere Runde und machte den Eindruck, als würde er nach den richtigen Worten suchen.

Wir alle hingen interessiert an seinen Lippen.

KAPITEL 20

Jasper

»Neophallus … Phalloplastik?!«, rief Sam japsend neben mir, bevor wir wieder in Gelächter ausbrachen.

Mein Versuch, Beckys Frage zu beantworten, damit zwar die Erwachsenen, aber nicht Hazel verstanden, was ich da erzählte, war von vornherein zum Scheitern verurteilt gewesen. Ich beschrieb Operationstechniken und versuchte Namen von Geschlechtsteilen zu umschreiben, damit Hazel nichts aufschnappen konnte. Und ausgerechnet bei diesen unverfänglichen Worten für einen Penisaufbau unterbrach sie mich quäkend, um uns allen lautstark mitzuteilen, dass ihr bester Freund Neo aus dem Kindergarten gar kein Plastik mochte, sondern nur Holzspielzeug.

Im ersten Moment herrschte Stille am Tisch. Selbst Andrew hielt perplex mit seinem Besteck inne, bis James sich lachend in seinen Stuhl zurückfallen ließ. Ab da gab es für uns alle kein Halten mehr. Wir lachten, bis Tränen flossen, und fanden kein Ende, während Hazel ruhig auf ihrem Stuhl saß und uns wichtig zunickte.

Als wir uns wieder beruhigt hatten, war meine jämmerliche Erklärungsnot zum Glück beendet. Selbst Becky hatte einsehen müssen, dieses Thema zu einem anderen Zeitpunkt fortzusetzen.

Das für mich etwas, über was ich jeden Tag sprach, mal dermaßen anstrengend sein würde, weil eine Vierjährige mit neugierigen Ohren zuhörte, machte mich sprachlos und ließ mich immer wieder auflachen.

»Was hast du heute noch vor?«, fragte Sam, nachdem ich endlich losgefahren war.

»Nicht viel. Schlafen kann ich zwar nicht, aber zu irgendwelchen

Aktivitäten fehlt mir, ehrlich gesagt, der Antrieb«, erklärte ich, bevor ich auf die leere Interstate fuhr. Ich hatte Sam von zu Hause abgeholt, deshalb waren wir jetzt wieder auf dem Weg zu seiner Wohnung. Ich wollte unbedingt mehr Zeit mit ihm verbringen, denn die letzten Tage nach meinem ›Überfall‹, hatten wir uns kaum gesehen. Ich sehnte mich nach ihm, aber heute fühlte ich mich zu kaputt und ausgelaugt.

»Dann komm doch mit zu mir.«

»Ich weiß nicht, ob das so eine gute Idee ist, Sam. Viel ist mit mir heute nicht anzufangen«, gestand ich. Ich war hundemüde, aber richtig schlafen kam nicht in Frage, weil ich sonst die Nacht nicht durchschlafen würde. Nachtdienste hauten mich immer für mindesten zwei Tage aus der Bahn. Obwohl die Nacht in der Klinik ruhig gewesen war, hatte ich nicht viel geschlafen.

»Ich könnte dir ein gemütliches Sofa und, wenn du brav bist, ein leckeres Abendessen anbieten«, raunte mir Sam plötzlich ins Ohr.

Ja, das hörte sich tatsächlich besser an als mein steriles, einsames Zimmer. Besonders verlockend war Sams dunkle Stimme. Als so offensiv hätte ich ihn nicht eingeschätzt. Ich wertete es als ein gutes Zeichen. »Okay«, antwortete ich lächelnd und erhielt von ihm einen dankbaren Blick, während er mir seine Hand auf den Oberschenkel legte. Er bewegte seine Finger nicht; trotzdem hatte ich das Gefühl, sie würden sich durch den Stoff meiner Jeans brennen.

»Ich muss noch für knapp zwei Stunden ins Café, bis wir abschließen. Du hast das Sofa für dich alleine, bis ich hochkomme, okay?«, meinte er leise, während ich am Bordstein vor Sams Haus parkte.

»Überredet, ich bleibe.« Überrascht schluckte ich, als sich Sam zu mir herüberlehnte und seine Lippen zart meinen Hals streiften.

»Das ist schön, Jas«, flüsterte er, drückte mir seine Schlüssel in die Hand, stieß die Tür auf und stieg aus.

Es war lange her, seit er mich Jas genannt hatte, fiel mir auf. Ich beobachtete, wie Sam mir zuwinkte, um dann im *›Rosas‹* zu verschwinden.

Erschöpft setzte ich mich auf Sams gemütlichem Sofa auf und sah mich müde um. Wie der Rest seiner Wohnung war auch dieser Raum völlig unamerikanisch. Das lag nicht nur an der fehlenden Esstheke, die Sam durch einen weißen, runden Massivholztisch ersetzt hatte, sondern auch am fehlenden Teppich auf dem Fußboden, der in den Staaten selbst in Badezimmern ausgelegt wurde. Wie überall in seiner Wohnung gab es auch hier weiß gekalkte Holzdielen. Die Wände und der Großteil der Einrichtung waren ebenfalls weiß bis auf ein Holzregal, das aussah wie ein abgesägtes Paddelboot, in dem Sam seine Bücher aufbewahrte, die braunen Holzstühle aus dem Café, das Sideboard und das riesige Sofa, auf dem ich bis eben faul herumgelegen hatte. Das dunkelbraune Lederungetüm mit den dicken, knautschigen Armlehnen war viel zu gemütlich, um aufzustehen, und so fläzte ich mich mit ein paar Kissen im Rücken seit meinem Eintreffen darauf herum.

Hinter und vor mir an der Wand, über dem Sideboard und dem Fernseher hatte Sam Bilder aufgehängt. Man konnte zwischen den Rahmen kaum noch die Wände erkennen. Ich war schon öfter hier gewesen, hatte aber nie auf die Motive geachtet, wenn wir in seiner Küchenecke saßen.

Vor mir erkannte ich den Druck ›Roter Ballon‹ von Paul Klee. ›Die Liebenden‹ von Magritte, ein sich küssendes Paar, deren Köpfe beide von jeweils einem Tuch umschlungen waren, hing links darüber. Hinter mir befand sich ein Bild von Jörg Immendorf, ›Lästerzungen‹, wenn ich mich richtig erinnerte. Und schräg darüber ein Dali, der die Büste eines Einhorns mit einem extrem langen, geschwungenen Horn zeigte. Die anderen Drucke erkannte ich nicht. Die Bilder wirkten wahllos aufgehängt, trotzdem bildeten sie eine harmonische Einheit, weil kleinere Schwarzweiß-Fotografien dazwischen Platz fanden. Sie zeigten verlassene Parkbänke im Herbst und Winter, Bäume ohne Laub, Pfützen, in denen sich Leuchtreklame spiegelte, und leere Kinderspielplätze. Besonders diese Bilder fand ich wunderschön, weil sie im Gegensatz zu den bunten Kunstdrucken eine große Ruhe ausstrahlten. Gleichzeitig erzeugten sie in mir das beklemmende Gefühl von Einsamkeit.

Dann waren da noch die fünf unterschiedlich großen Schwarzweiß-Fotos, die Sam in seinem Regal in einer schlichten Mappe verbarg. Durch Zufall hatte ich diese entdeckt, als ich nach einem Buch suchte. Die männlichen und den weiblichen Körper fand ich ausgesprochen ästhetisch. Ihr Intimbereich blieb durch ein locker drapiertes Tuch fast vollständig verdeckt, ebenso wie ihre Gesichter, die alle im Schatten lagen. Je länger ich sie betrachtete, desto mehr Details fielen mir an ihren nackten Körpern auf: Muttermale, Sommersprossen und … Narben.

Alle Körper hatten Narben!

Der weibliche Körper auf dem kleineren Bild war aus der Froschperspektive aufgenommen worden. Ebenso wie bei allen anderen blieb der Intimbereich verdeckt und war nur zu erahnen. Unter ihren Brüsten erkannte ich jeweils eine kleine, waagerechte Naht – ein Hinweis auf nachträglich eingeschobene Implantate. Ihr ausgeprägter Kehlkopf und ihre zu breiten Schultern stachen mir nun ins Auge. Die Innenseiten ihrer Oberschenkel waren übersät von kurzen, waagerechten, hellen Schnitten.

Mir stockte der Atem von all dem inneren Schmerz, der mir entgegenschrie. Das musste Eve sein, überlegte ich, Sams Freundin aus dem Scissors, von der er mir auf Brians Terrasse erzählt hatte. Auch Eve ging in Highschool-Klassen, um aus ihrem Leben zu erzählen.

Beim nächsten Bild, dem kleinsten, musste ich genauer hinsehen. Je länger ich es betrachtete, desto sicherer war ich mir: *Das war Sam!*

Sam, der wie alle anderen auf einer großen, quadratischen Holzkiste sitzt, den Kopf schräg in den Nacken gelegt, außerhalb des Lichtspots. Seine Arme hat er hinter seinem Körper abgestützt, die Beine locker gespreizt, sein Unterleib ist wie bei den anderen abgedeckt. Dennoch erkannte ich ihn an seiner Haltung, an seiner Kinnpartie, die nicht ganz im Dunkeln lag, sowie an den unzähligen Sommersprossen, die sich über seinen Brustkorb verteilten. Gebannt betrachtete ich die übrigen Bilder. Sie alle zeigten ihre Narben, besonders ihre Operationsnarben.

Unfassbar!

Sich als trans zu outen bedeutete eine Menge Mut, auch in der eigenen Familie. Sich aber fast nackt fremden Blicken auszusetzen, nötigte mir großen Respekt ab. Sie alle zeigten sich schonungslos der Kamera und damit dem Betrachter. Brian hatte mir von diesem Foto-Projekt erzählt, entstanden zu einer queeren Ausstellung in einer kleinen Galerie in L. A. vor ungefähr drei Jahren.

Als Sams Haustür zufiel, saß ich noch immer fasziniert auf dem Sofa, unfähig meinen Blick von den Körpern zu nehmen, gebannt von ihrer Schönheit.

KAPITEL 21

Jasper

»Schläfst du im Sitzen?«, ertönte Sams warme Stimme amüsiert hinter mir, während er Richtung Küche ging.

Ertappt schloss ich die Mappe und legte sie auf seinen Wohnzimmertisch. Ich hörte, wie er einen Teller abstellte und schüttelte wortlos den Kopf, bevor ich mich wieder in die Kissen fallen ließ. Mit einem Lächeln drehte er sich zu mir um. Ich streckte ihm meine Arme entgegen, immer noch beeindruckt von den Bildern, und hoffte er würde die Einladung, sich zu mir zu legen, annehmen können. Ich wusste, wie schwer es ihm noch immer fiel, Kuscheln zuzulassen, eben weil er es nie erfahren hatte.

Ich verstand die anderen Männer nicht.

Wenn Sam aus dem Café kam, roch er immer himmlisch nach gemahlenem Kaffee und zuckrigem Gebäck. So auch jetzt, als er sich langsam auf mich legte und sein Gesicht seufzend an meinem Hals vergrub. Genüsslich drückte ich meine Nase in sein Haar, sog seinen Geruch ein und schwelgte in dem warmen Gefühl, das mich durchflutete. Waren wir nicht in der Öffentlichkeit, verhielt er sich, wie er tatsächlich war: anschmiegsam und bedürftig nach vorsichtigen Streicheleinheiten, die ich ihm nur zu gerne gab.

Er hob den Kopf, sein Blick glitt zu der Mappe auf dem Tisch, dann zu mir. Erkennen, was er dachte, konnte ich nicht.

»Ich habe deine Bilder bestaunt«, gab ich zu.

»Ist okay. Und die anderen hängen nicht erst seit gestern da«, stellte er schmunzelnd fest und lachte leise, als ich meine Augen verdrehte.

»Ach«, entgegnete ich ironisch, »nicht?« und stimmte mit ein, wobei ich ihm kämmend durch die Haare fuhr, erleichtert, da er mir meine Neugierde nicht übelnahm.

Aus seinem Blick wich langsam die Heiterkeit. Er wurde intensiver, bohrte sich in den meinen, als wir beide gleichzeitig verstummten. Ich spürte, wie er sich mit seiner Hüfte fester gegen meinen Schritt drängte, und atmete scharf ein. Obwohl ich erschöpft war, konnte ich nicht verhindern, dass sich Erregung in mir aufbaute, einfach nur, weil er auf mir lag und mit dieser kleinen und doch so bedeutungsvollen Geste zeigte, was er wollte.

Also würde es heute nicht nur beim Kuscheln bleiben.

Sam rutschte hoch, bis sich unsere Gesichter auf gleicher Höhe befanden. Sein Blick wirkte prüfend. Liebevoll lächelnd versuchte ich ihm meine Botschaft mitzuteilen.

Es schien mir geglückt, denn Sam nickte mir kaum wahrnehmbar zu und legte im nächsten Moment ganz leicht seine Lippen auf die meinen. Ich genoss unseren sanften Kuss, seinen Geschmack, während ich meine Arme um ihn schlang. Wenn er tatsächlich *mehr* wollte, was auch immer das heißen sollte, würde ich ihm dieses *mehr* liebend gerne geben.

Genüsslich schob ich meine Hände auf seinen warmen Rücken, streichelte über seine Schultern und krallte mich in sein T-Shirt, als unser Kuss drängender wurde. Seinen Körper auf mir zu spüren, ihm endlich zeigen zu dürfen, was ich für ihn empfand, machte mich unglaublich glücklich.

All dies ließ auch Sam nicht kalt, wie ich freudig bemerkte. Er rieb seinen Unterleib an meinem Bein und drang immer stürmischer mit seiner Zunge in meinen Mund, bis er sich stöhnend von mir löste und mit geschlossenen Augen seinen Kopf in den Nacken legte. Sein Atem stockte, seine Lider flogen auf, weil ich mich unter ihm hervorwand, um uns auf die Seite zu drehen. Fest schmiegte ich mich gegen ihn, schob einen Arm unter seinen Nacken und küsste ihn wieder. Er sollte jetzt bloß nicht nachdenken, denn die Situation erinnerte mich schmerzlich an unseren Abend vor zwölf Jahren.

Doch Sam blieb nah bei mir. Er erwiderte meinen Kuss, während ich vorsichtig ein Bein zwischen seine Oberschenkel schob und mit meiner anderen Hand unter den Stoff seines Shirts schlüpfte. Nichts deutete darauf hin, dass Sam flüchten wollte, als ich ihn zärtlich mit meinen Fingern streichelte. Wir lösten atemlos unsere Lippen voneinander. Unsere

Blicke trafen sich, Worte brauchten wir keine mehr. Zu sehen, wie sich seine Pupillen vergrößerten, war magisch und spornte mich weiter an.

»Ich mochte schon immer die Sommersprossen auf deiner Nase.« Dass ich meinen Gedanken laut aussprach, bemerkte ich erst, als sich Sams Mundwinkel zu einem kleinen Grinsen verzogen. Lächelnd zwinkerte ich ihm zu, beugte mich näher zu seinem Ohr, um mit meinen Zähnen neckend in sein Ohrläppchen zu zwicken. Sam lachte leise, schloss mit einem Lächeln seine Augen und verlor seine Hände in meinem Haar, während ich langsam das T-Shirt über seine Brust nach oben schob.

Sam berühren zu dürfen war einfach wunderbar, meine Nerven schienen regelrecht zu vibrieren. Zu sehen, wie er meine streichelnden Finger genoss, indem er mir seinen Oberkörper weiter entgegenstreckte; zu spüren, wie sich sein Herzschlag unter meiner Hand beschleunigte; zu hören, wie seine Brusthaare unter meinen streichelnden Fingerspitzen leise knisterten, machte mich glücklich.

»Du bist so schön«, hauchte ich Sam erregt entgegen, denn das war er für mich. So skeptisch, wie er mich daraufhin anblickte, bezweifelte ich, dass ihm das schon jemals ein Mann vor mir gesagt hatte.

Begehrlich streichelte ich über seinen Körper, streifte mit meinem Atem sein Ohr, was ihn leise aufseufzen ließ. Mit meiner Zunge wanderte ich zart bis zu seinem Kehlkopf, schmeckte seine Haut, umrundete ihn ein paarmal und entlockte ihm damit ein raues Stöhnen. »Magst du, was ich tue?«, flüsterte ich.

Sam schluckte, nickte wieder und stemmte sich noch höher. Er schien es zu mögen, dass ich mit ihm sprach, denn er bot sich mir nun vertrauensvoll dar.

Zittrig holte ich Luft.

Nichts ließ sich hiermit vergleichen. Nichts!

Mein Herz flatterte aufgeregt in meiner Brust.

Gerechnet hatte ich damit nicht – es erhofft natürlich schon.

Auf dem Rücken liegend bog er sich meinen liebkosenden Fingern entgegen. Ich streichelte über seinen Brustkorb, über seine Taille bis hin zu seinem flachen Bauch und lauschte selig seinen leisen, erregten Lauten. Langsam strich ich tiefer, tastete mich bis zu seinem Hosenbund vor.

»Oh ja, ich werde dich lieben, Sam. Werde mit meiner Zunge genüsslich über deine Haut fahren«, murmelte ich, während ich mit meinen

Fingern zögernd an Sams Bündchen stieß, vorsichtig meine Hand weiter in seinen jeansbedeckten Schritt schob und leicht dagegen drückte.

Sam verspannte sich sofort. Ruckartig hob er seinen Kopf, rutschte wieder tiefer in die Kissen zurück und sah mich alarmiert an. Seine Hand, die eben noch auf meinem Rücken lag, schoss blitzschnell zu meinem Handgelenk und griff zu. Um ihn zu beruhigen, beugte ich mich zu ihm hinunter und legte ganz zart meine Lippen auf seinen Mund. Ich war erleichtert, denn er schob mich nicht weg.

»Lass es mich dir zeigen, nur dieses eine Mal, bitte«, flüsterte ich flehend. Ich küsste ihn wieder und war selig, als Sam sich darauf einließ. Unser Kuss blieb zart und war doch lockend und erregend. Er dauerte an, wurde verzehrend, wobei er seine andere Hand an meinen Hinterkopf legte.

»Ja, genauso!«, dachte ich, während Sam begann sich das erste Mal zögerlich mit seinem Unterleib an meiner Hand zu reiben. Mit mehr Druck kam ich ihm entgegen, nahm wahr, wie sich sein Griff um mein Handgelenk immer mehr lockerte. Langsam trennten sich unsere Lippen. Ich hob meinen Kopf und suchte seinen Blick. »Bitte«, wiederholte ich mit klopfendem Herzen.

Er sollte erkennen, dass es in diesem Moment nichts Bedeutsameres für mich gab als ihn.

Sein Lächeln wirkte scheu und noch immer unsicher. Zögerlich löste er seine Finger von meinem Arm. Ich hätte am liebsten vor Glück laut aufgejault. Er legte seine Hände auf meinen Kopf, schob seine Finger in mein Haar und schloss seufzend seine Augen, während ich seinen Hosenknopf öffnete und langsam den Reißverschluss aufzog. Das Geräusch elektrisierte mich.

»Jas« hauchte er zittrig. Sein leises Stöhnen deutete ich als Aufforderung weiterzumachen und schob seine Jeans hinunter. Ich setzte mich auf, streichelte zärtlich an den Innenseiten seiner Schenkel hinauf und küsste mich ausführlich über Sams Bauch hinab in die Tiefe. Seine Hände wühlten in meinem Haar, zogen erregt daran und forderten mich unmissverständlich auf jetzt nicht aufzuhören. Überwältigt betrachtete ich seinen Körper, der wie eine Bogensehne erwartungsvoll gespannt war, bevor ich spielerisch mit meinen Fingerspitzen unter den Bund seiner Pants schlüpfte. Ich hätte ihn noch stundenlang weiterstreicheln können, einfach, weil ich es durfte.

Es war wunderschön.

Sams Stöhnen wurde lauter, drängender. Fast qualvoll klang es für mich, als ich mit meiner Hand tiefer glitt und zum ersten Mal seine heiße Haut in dieser bislang verbotenen Zone unter meinen Fingerspitzen spürte.

Im selben Moment verspannte er sich wieder. Mit seinen Beinen klemmte er meine Hand ein und zog fest an meinen Haaren, sodass ich gezwungen war meine Lippen von seinem Körper zu lösen. Ich sah ihn nicht an aus Angst, er könnte mir mit seinem Blick zu verstehen geben, dass ich aufhören sollte. Sekunden verstrichen ohne eine einzige Bewegung. Meine Hand ließ ich, wo sie war. Einzig Sams hastiger Atem war zu hören.

Ich wollte jetzt nicht aufhören – nicht jetzt.

Ich spürte seine Angst, seine Hemmungen, sich mir zu zeigen – seinen inneren Kampf.

Er sollte das hier genießen, sollte erkennen, wie kostbar dieser Moment für mich war, darum küsste ich zärtlich das Stückchen Haut unter seinem Nabel.

Nach einer gefühlten Ewigkeit bemerkte ich, wie Sam sich zu entspannen begann. Seine Finger lockerten sich auf meinem Kopf, seine Knie fielen etwas auseinander und boten meiner Hand ein klein wenig mehr Platz. Beruhigend strich ich über seinen Bauch, küsste und leckte mich immer weiter zu seinem Schritt vor, wobei ich ihm langsam die Pants über seine Beine zog. Zaghaft drückte er meinen Kopf fester auf seinen Körper, als er genussvoll aufstöhnte.

Nichts hatte mich darauf vorbereitet, was ich in dem Moment empfand, als Sam sich mir vertrauensvoll hingab. Aufgeregt schluckte ich, weil ich spürte, wie er sich meinen stimulierenden Fingern immer erregter entgegendrängte, sich immer weiter für mich öffnete. Kurz sah ich zu ihm, erkannte seine Lust, sein Staunen, die Bitte um mehr.

Und ich gab ihm mehr.

Entdecken wollte ich ihn, verwöhnen. Ihm zeigen, wie liebenswert er für mich war.

Wie richtig er war.

Ich genoss seinen Duft, seinen Geschmack auf meiner Zunge, sein unablässiges, leises Stöhnen. Losgelöst bog er sich mir entgegen.

Genießend.

Das ist es, dachte ich. Genauso sollte es für ihn sein.

Zu spüren, wie er sich mir anvertraute, nicht nur meinen Fingern und meinem Mund, sondern mir, war wundervoll und berührend. Unsere Blicke flossen ineinander, bis er seine Lider aufseufzend schloss.

Es war unglaublich erregend.

Jeden noch so kleinen Laut von ihm nahm ich in mich auf. Seine Schenkel fielen weiter auseinander, seine Hände begannen schüchtern meinen Kopf zu dirigieren, gaben mir seinen schneller werdenden Rhythmus vor. Ich leckte, saugte, streichelte und liebkoste, gefangen in seiner und meiner Lust. Sams Hingabe brachte mich um den Verstand.

Seine Bewegungen wurden hektischer, sein Atem noch schneller, flacher, sein Rücken bog sich ins Hohlkreuz, als er plötzlich lautstark Luft holte und erstarrte.

Für einen winzigen Moment war Stille, bis er rau aufschrie und über die Klippe glitt.

Sams Kopf ruhte wieder auf meinem Oberarm. Er schenkte mir ein kleines, scheues Lächeln, bevor er seine Augen erneut schloss und mich fest an sich drückte. Meine Hand lag noch immer an seiner Mitte, an meinen Fingern spürte ich die letzten vereinzelten, hauchfeinen Kontraktionen. Fast federleicht und doch so bedeutsam.

Für ihn – für uns.

KAPITEL 22

Samuel

Mein Unterleib pulsierte noch immer. Die hauchzarten Bewegungen seiner Fingerspitzen spürte ich überdeutlich. Sie ließen mich hilflos immer wieder gegen sie zucken, als würde mein Körper auf Jaspers Berührungen antworten. Verstört verbarg ich mein Gesicht an seinem Hals und zog ihn noch näher zu mir, weil ich mich außer Stande fühlte ihn anzusehen.

Überwältigt war ich und gleichzeitig beschämt, weil ich etwas zugelassen hatte, was ich niemals zulassen wollte: Ich hatte ihm erlaubt mich zu berühren – ich hatte es *mir* erlaubt, mich von ihm berühren zu lassen.

Zum ersten Mal überhaupt hatte mich jemand berühren wollen.

Es war unfassbar schön gewesen. Zum ersten Mal eine Zunge, fremde Finger an und in mir zu spüren war etwas völlig anderes, als wenn ich mich selbst befriedigte. Jede seiner Berührungen kam unerwartet. Ich konnte mich ihnen nur noch sehnsüchtig entgegendrängen. Überwältigend hatte es sich angefühlt, als Jasper mich verwöhnte. Streichelnd, liebend, so wundervoll wissend.

Als er seine Hand vorsichtig von mir zurückzog und mich sanft unter meinem Ohr küsste, wurde es mir zu viel. Die Luft blieb mir weg und so rutschte ich von ihm zurück, stand auf und flüchtete ins Badezimmer. Zittrig stützte ich mich auf dem Waschbecken ab und war kaum in der Lage, meinen Kopf zu heben, um mich im Spiegel anzusehen.

Ein fremder Mann sah mir entgegen.

Ein Mann mit sehnsuchtsvollem Blick.

Ich hatte mich ihm hingegeben und es genossen!

Hitze schoss mir in die Wangen, in meinem Bauch glühte es. Aufgewühlt betrachtete ich mich im Spiegel, schüttelte den Kopf, und dachte seufzend daran zurück. Pure, fast schon verzweifelte Lust hatte mich gepackt, als mich Jasper berührte. Diese unfassbare Hitze in mir, dieses brennende, pulsierende Sehnen nach etwas, das ich so nicht kannte, sich aber immer größer in mir aufgebaut hatte, war …

Qualvoll stöhnte ich auf.

Ich war überwältigt.

Überwältigt von dem berauschenden Gefühl und dem Wissen, ich konnte – ich durfte es zulassen. Mit Jasper gab es jemandem, der mich so, wie ich war, akzeptierte. Mehr noch: Er gab mir nach langer Zeit endlich wieder das Gefühl, richtig zu sein. So, wie ich war.

Er *sah* mich!

Jetzt.

Ausgerechnet jetzt!

Als ich ihn mit Geschirr klappern hörte, öffnete ich die Tür. Immer noch verstört schlüpfte ich hinaus, ging in mein Schlafzimmer und zog mir etwas an. Aufgewühlt lehnte ich an meinem Kleiderschrank und betrachtete lange unser Bild.

Jasper stellte alles auf den Kopf, wieder einmal.

Mit einem ziehenden Gefühl im Bauch machte ich mich auf den Weg in meine Küchenecke. Ich wusste nicht, wie ich ihm unter die Augen treten sollte, aber Jasper machte es mir leicht. Er lächelte mir liebevoll zu, berührte mich am Oberarm, zog mich zu sich hinunter und küsste mich.

Ich ließ es zu.

Schmeckte mich.

Ein kleines, sehnsuchtsvolles Seufzen entschlüpfte mir, während ich mich langsam erhob und neben ihn setzte. Beruhigt, aber noch immer sprachlos.

Er hatte uns Kaffee gemacht und so saßen wir an meinem Tisch und vertilgten den kleinen Nusskuchen, den ich aus dem Café mitgebracht hatte. Je länger ich beobachtete, wie er sich jeden Bissen genussvoll in den Mund schob, desto sicherer wurde ich mir: Ich hatte mich wieder in ihn verliebt. Dass ich ihn liebte, wusste ich schon immer, aber dieses fremde, prickelnde Gefühl in meiner Brust war auch wieder da. Es breitete sich strahlend in mir aus.

Verliebt zu sein kannte ich nicht mehr.

Liegt es an dem, was eben auf dem Sofa passiert ist? Nein!

Schon vorher war dieses Gefühl in mir gewachsen. Doch Jaspers Selbstlosigkeit hatte es gefestigt. Und mit welchem Genuss er es getan hatte! Ohne Scheu, ohne Vorbehalte; zum ersten Mal war es nur um mich gegangen, ohne eine geforderte Gegenleistung. Eben dies hatte mir meine Angst genommen und weil es Jasper war, natürlich. Die Selbstverständlichkeit, mit der er mich berührt hatte, seine eigene Lust, die er mir zeigte, und seine Zärtlichkeit hatten mich dahinschmelzen lassen, unfähig mich gegen ihn zu wehren.

Verdammt!

»Du klackerst!«

»Mmh?«

»Du klackerst!«, wiederholte Jasper kauend. »Das ist mir schon häufiger aufgefallen. Wenn du grübelst, schlägst du mit deinem Piercing an deine Zähne.«

»Tatsächlich?«

»Ja. Übrigens ist dieser Kuchen sensationell.« Jasper grinste verschmitzt und leckte sich vereinzelte Krümel von seinen Lippen. Ich konnte nicht verhindern seine Zungenspitze dabei zu beobachten, wie sie leider viel zu schnell wieder in seinem Mund verschwand. Ein Mund, auf dem sich ein immer wissenderes Lächeln ausbreitete.

Ertappt! Er hatte mich beim Starren erwischt und genoss es sichtlich.

»Du bist gerade leicht zu durchschauen.«

»So, bin ich das?« Ich brach mit ihm zusammen in erleichtertes Gelächter aus. »Danke«, sagte ich leise. »Das eben war …«

»Hör auf damit, bitte!« Enttäuscht sah er mich an.

»Aber ich …«

»Sam, hör auf!«, bat er jetzt. »Bedank dich nicht bei mir.«

Irritiert lehnte ich mich auf meinem Stuhl zurück, weil ich nicht ganz verstand, warum Jasper plötzlich so verletzt war. Ich hatte ihm nur sagen wollen, wie einzigartig es mit ihm auf dem Sofa gewesen war. Denn vorher hatte es keine Möglichkeit für mich gegeben. »Aber …«

»Du musst dich nie, wirklich nie für etwas bedanken, was ich dir immer wieder liebend gern geben werde. Hast du mich verstanden?«

Seine Frage war wohl eher rhetorisch gemeint, denn als ich ihm antworten wollte, schnitt er mir das Wort ab.

»Ich möchte dieses Wort nie wieder in diesem Zusammenhang von dir hören, okay? Warum tust du das nur, Sam? Es ist vollkommen überflüssig.« Er lehnte sich zu mir und ergriff meine Hände.

Ich war völlig überrumpelt von seiner Denkweise. Für Jasper schien es das Natürlichste der Welt, mit mir intim zu sein.

Für mich war es das aber nicht.

So kannte ich Sex nicht. Zumal ich das, was eben geschehen war, nicht als Sex bezeichnen würde. Es war mehr – viel mehr. Jedenfalls fühlte es sich für mich wie mehr an.

Es fühlte sich wie *geliebt werden* an.

Das brachte mich aus dem Konzept und stellte all meine Selbstzweifel infrage.

»Verstehst du denn nicht?«, fragte Jasper und sah mich dabei eindringlich an. »Glaubst du, ich mache das nur, um dir zu zeigen, wie es sein kann? Glaubst du das wirklich? Es hat mich erregt. Du erregst mich, Sam. Eben, weil du *du* bist. Weil du so, wie du bist, einfach richtig bist! Ich lie…«

Weiterreden ließ ich ihn nicht. Den überraschten Laut, den er ausstieß, als ich ihn zu mir zog, erstickte ich mit meinen Lippen. Ich wollte, nein, ich musste diesen Mund schmecken, aus dem gerade die schönsten Worte gekommen waren, die je jemand zu mir gesagt hatte. Meine Gefühle überrannten mich, als ich mit meiner Zunge in seinen Mund glitt, seinen Geschmack und sein raues Stöhnen schluckte. Ich wollte diese Worte nicht hören. Obwohl ich sie mir so sehr von ihm wünschte, wollte ich sie nicht hören, denn er würde mich in drei Wochen wieder verlassen. Mich hier zurücklassen – mir wieder mein Herz brechen.

Das konnte ich nicht ertragen.

Ich ließ unseren Kuss zärtlicher werden. Schmeckte ihn, mit einem Hauch Kaffee und Nuss. Ich verlor mich in seinem Geschmack, konnte nicht aufhören, glitt schwelgend an seinen Lippen entlang, saugte sanft an seiner Unterlippe, bevor ich mich langsam zurückzog. Jasper blinzelte mich erstaunt an und ließ sich auf seinen Stuhl zurücksinken, als könnte er nicht glauben, was eben geschehen war.

»Wow!«, hauchte er und schenkte mir ein Lächeln. »Ich glaube, ich bin noch nie so geküsst worden, so …«

Ihm fehlten die Worte? Gut, dann hatte ich genau das erreicht, was ich erreichen wollte.

»… verlangend und gleichzeitig stoppend, damit ich bloß nicht ausspreche, was ich sagen wollte, richtig?«

Er hatte mich durchschaut.

Warum konnte er es nicht gut sein lassen? Warum musste er alles zerreden, analysieren?

»Sam?«

Stumm schnappte ich mir unsere Kaffeetassen, hielt seine dabei fragend hoch. Als Jasper mir zunickte, erhob ich mich, um sie ein weiteres Mal zu füllen. Wartend stand ich vor meiner *Jura*, kostete diesen kurzen Moment aus, ohne ihm zu antworten.

Weil ich nicht wusste, was ich ihm sagen sollte. Wie ich es ihm sagen sollte, ohne ihn zu verletzen. Das war das Letzte, was ich wollte. Unschlüssig drehte ich mich zu ihm und war verblüfft, als ich in sein Gesicht sah: Jasper strahlte mich an, seine Augen leuchteten mir entgegen. Ich hatte mit allem gerechnet, aber damit? Er sah glücklich aus?!

»Oh, Sam«, begann er, als ich mich setzte. »Wir wollten doch ehrlich sein, oder?«

»Du hast Recht.« Natürlich wollten wir das. Wir hatten es uns bei unserem ersten klärenden Gespräch versprochen. Nur da hatte ich noch nicht geahnt, wie schnell ich mich wieder in ihn verlieben würde.

Außerdem rotierte es in meinem Kopf.

Obwohl der Kaffee noch viel zu heiß war, nippte ich an meiner Tasse, um mich zu beruhigen, denn mein Herz raste aufgeregt. So ein Gespräch hatte ich noch nie geführt. Es überforderte mich, wie ich feststellte. Über meine Gefühle zu sprechen, war mir schon immer schwergefallen. Wie oft hätte ich als Kind und Jugendlicher auf die Frage meiner Therapeuten, wie ich mich fühlte, am liebsten nur mit »*Beschissen!*« geantwortet.

»Ich soll es dir nicht sagen«, stellte Jasper fest, mich genau beobachtend.

Langsam nickte ich. Zu sprechen traute ich mich nicht. Brauchte ich auch nicht, denn Jasper lächelte wissend.

»Okay«, meinte er, bevor er sich grinsend ein weiteres Stück Kuchen in den Mund steckte.

»Okay?«, krächzte ich ungläubig.

»Ja.«

»Aber …«

»Es macht dir Angst, richtig?«, fragte er, bevor er vorsichtig über seinen Kaffee pustete. »Ich glaube, ich verstehe dich sogar. Ich werde es nicht aussprechen. Muss ich auch nicht mehr, denn deine Reaktion sagt mir alles, Sam.«

Tat sie das?

Kannte mich Jasper noch immer so gut oder war ich für ihn nur leicht zu durchschauen?

»Ich freue mich und es macht mich glücklich, das solltest du wissen. Kannst du damit leben?«, fragte er mit leiser Stimme. Seine Ehrlichkeit verblüffte mich immer wieder.

Konnte ich das?

Ja, beschloss ich, das konnte ich. Wir wussten beide um unsere Gefühle. Und solange wir sie uns nicht gegenseitig eingestanden, blieb mir die Möglichkeit, mich davor zu schützen.

Was für eine Scheiß-Illusion!

KAPITEL 23

Jasper

Erschöpft massierte ich mit geschlossenen Augen meine pochenden Schläfen. Die murmelnden Stimmen im Hintergrund wirkten beruhigend, sodass ich endlich begann mich zu entspannen. Ich hörte, wie Julius vorsichtig eine Tasse neben meinem Ellenbogen abstellte und hob schwerfällig meine Lider.

»Na, der Kopf?«, fragte er, wobei er mir noch ein Glas Wasser zuschob. »Trink! Flüssigkeit hilft bei Kopfschmerz. Aber das wirst du besser wissen als ich.«

Dankbar nahm ich einen großen Schluck. Der Espresso neben mir duftete verführerisch.

»Das ist unsere neueste Errungenschaft«, sagte der Barista lächelnd, als ich mich tiefer über die Tasse beugte, um das köstliche Aroma einzuatmen. »Eine kleine Plantage aus Papua-Neuguinea, bio – natürlich.«

Vorsichtig nahm ich den ersten Schluck.

»Ist ein Arabica mit einer leicht nussigen Note und feinen, blumigen Röstaromen. Was sagst du?«

Mit geschlossenen Augen genoss ich den vollmundigen, leicht bitteren Geschmack und schmunzelte innerlich über Julius' Begeisterung. Er liebte Kaffee und hatte seine Leidenschaft zum Beruf gemacht. Als Barista war er eine Wucht. Mit ihm konnte ich mich stundenlang über die verschiedensten Kaffeesorten und ihre Eigenarten unterhalten, wenn ich früh genug aus der Klinik kam und im *Rosas* auf Sam wartete.

»Er ist sagenhaft.« Bestätigend nickte ich. »Unglaublich weich, längst nicht so würzig wie der aus Äthiopien, den du mir vor ein paar Tagen vorgestellt hast.«

»Wusste ich es doch, dass dich dieser begeistern wird.« Er reichte mir einen weiteren.

Eine der Servicekräfte hob grüßend ihren Kopf, als ich mich im Café umsah. Es waren nur noch wenige Gäste anwesend. Sie stand bei einer kleinen Gruppe Highschool-Schüler, die regelmäßig kamen, um hier ihre Aufgaben zu erledigen, und kassierte ab. Wie immer hatten sie sich auf die gemütlichen Sofas zurückgezogen, die an der rechten hinteren Wand standen. Zwei Zweiertische waren noch belegt. Immer, wenn ich hier war, hatte ich das Gefühl, in Europa zu sein, nicht im sonnigen Westen Amerikas. Die gemütliche Einrichtung des *Rosas* hätte nicht einladender wirken können, selbst wenn es draußen in Strömen regnen würde. Warme Orange- und Cremetöne dominierten die hohen, verputzten Wände und die Stoffbezüge der Stühle und Sofas. Riesige Kupferlampen verströmten ihr rotgoldenes Licht über den weißen Holztischen. Es war ein Ort zum Wohlfühlen. Die vielen Gäste, die das Café besuchten, bestätigten dies.

Sams Bürotür war noch immer geschlossen, wie ich aus den Augenwinkeln wahrnahm, als mich Julius wieder ansprach: »Na, schlechten Tag gehabt?« Er schien Gedanken lesen zu können.

»Ja.«

»Man sieht es dir an«, bemerkte er verständnisvoll nickend.

»Bist du der Barmann, der seinem letzten Gast noch einen Drink spendiert?«, fragte ich amüsiert.

»Wenn du so willst. Deine Getränke gehen alle aufs Haus und der letzte Gast bist du auch.«

Recht hatte er. Wenn ich es früh genug aus der Klinik schaffte, saß ich immer bei ihm, bis Sam Feierabend machte. Julius entsprach für mich dem Klischee eines modernen Baristas. Ein klassischer Hipster. Die schwarze Kleidung unterstrich seine schlanke Figur; in der Brusttasche seiner Weste steckte immer ein buntes Tuch, passend zu seiner Fliege, die er sich täglich band. Er musste unzählige davon haben, denn seitdem ich ihn kannte, hatte er noch keine zweimal getragen. Seine braunen Haare trug er gescheitelt, auf einer Seite zurückgekämmt. Sein gestutzter, dunkler Vollbart unterstrich seine gepflegte Erscheinung und ließ seine blauen Augen, die hinter einer runden Brille steckten, noch klarer erscheinen. Diese blitzten jetzt belustigt auf, als wüsste er, an was ich gerade dachte.

»Den Barmann brauchst du jetzt nicht mehr«, stellte er fest und sah lächelnd über mich hinweg, als sich ein Arm von hinten um meine Brust schlang. Erfreut lehnte ich mich zurück, hob meinen Kopf und wartete auf den Kuss, den ich herbeisehnte. Er war viel zu kurz, aber liebevoll, bevor sich Sam von mir löste und sich neben mir auf einem Hocker niederließ. Er drehte sich zu mir und sah mich auffordernd an.

»Na, dann mal los, ich möchte es auch hören.«

»Eigentlich ging es nur um eine erste OP-Besprechung«, erklärte ich und trank meine Tasse leer. Sam und Julius hörten aufmerksam zu, da ich bewusst leise sprach. »Mutter und Tochter, nichts Dramatisches, bis der Vater unangekündigt in unser Gespräch platzte. Er brüllte herum, er hätte einen Sohn gezeugt und keine verweichlichte Memme mit künstlichen Brüsten. Er war nicht zu beruhigen. Auch als ein Kollege aus dem Nebenzimmer zu Hilfe kam, gelang es uns kaum. Die Mutter brach in Tränen aus, als er ankündigte ihr das alleinige Sorgerecht entziehen zu lassen. Uns drohte er mit einer Klage, weil wir seinen Sohn ohne seine Zustimmung verstümmeln würden. Es war grauenhaft!« Seufzend strich ich mir über die Stirn.

»Wie konntet ihr ihn bändigen?«, fragte Sam bestürzt.

»Ein Kollege verständigte den Sicherheitsdienst.«

»Passiert das öfter?«

»Nein, eher selten. Wenn du so willst, sind wir die letzte Station. Bei den Beratungsstellen sieht das sicher ganz anders aus.«

»Was für ein Arschloch«, murmelte Julius kopfschüttelnd und begann die riesige Kaffeemaschine zu säubern.

»Es nimmt dich mit«, stellte Sam fest, wobei er mir einen Arm um die Schultern legte. Zu antworten brauchte ich ihm nicht. Dankend lehnte ich mich an ihn und genoss seine Nähe.

»Du hast unglaubliches Glück mit deiner Familie. Ist dir das eigentlich klar, Sam?«

»Ja, ist es. Besonders jetzt wird es mir wieder bewusst, wenn Jake mit mir in der Backstube ist und der alte Gaylor auftaucht.«

Als er von Jake sprach, konnte ich ein Leuchten in seinen Augen erkennen. Jake war ihm in den letzten Wochen ans Herz gewachsen. Jeden Dienstag brachte Susan ihn im Café vorbei, wenn sie mit Mia weiter zum Ballett fuhr. Jake hatte das Tanzen aufgegeben und selbstbewusst entschieden Bäcker zu werden, nachdem er seinen ersten Nachmittag mit Sam und zwei seiner Angestellten in der Backstube verbracht hatte. Der Knirps stand dann beseelt auf einem Hocker neben Sam an der Arbeitsplatte und knetete Brotteig, hackte Nüsse oder hielt den Mixer, um die Sahne zu schlagen. In Sam hatte Jake einen Fürsprecher gefunden, der ihn gegen seinen Großvater verteidigen konnte. Bob, Steve Gaylords Vater, war nicht nur homophob bis in die Spitzen, sondern hielt *trans* für neumodischen Kram, den man wegtherapieren könnte, was er regelmäßig lautstark kundtat, wenn er das *Rosas* betrat. Das ausgesprochene Hausverbot ignorierte er selbstverständlich, sodass es schon zu einigen unschönen Szenen gekommen war.

»Lass uns hochgehen«, sagte Sam leise in mein Haar und löste sich von mir. Beide winkten wir Julius zu, um uns zu verabschieden.

»Hast du eine Schmerztablette für mich?«

»Sieh mal im Bad in den Schrank, da müssten welche zu finden sein«, sagte er, während wir seine Wohnung betraten.

Fassungslos saß ich neben Sams Toilette auf dem Boden und konnte nicht glauben, was ich vor mir sah. Im Schrank unter dem Waschbecken stapelten sich Medikamentenflaschen und -schachteln. Auf der Suche nach einer Kopfschmerztablette hatte ich seinen Spiegelschrank vergeblich durchsucht – jetzt war ich fündig geworden. Ungläubig griff ich nach den ersten Fläschchen und baute sie vor mir auf. Den Blick auf das Etikett konnte ich mir sparen, ich erkannte es sofort: Tylenol, ein Schmerzmittel. Alleine davon zählte ich sieben ungeöffnete Flaschen mit je fünfzig Tabletten. Viel dramatischer aber waren die nächsten, die ich fand und danebenlegte. Drei Packungen Celexa, ein Antidepressivum, mit je zwanzig Tabletten. Es wirkt stimmungsaufhellend und wird oft bei panikartigen Störungen verschrieben. Dazu vier große Packungen des Schlafmittels Halcion; der Wirkstoff Triazolam war mir als Sedativum bekannt. Ganz hinten entdeckte ich zwei Schachteln Remeron, auch ein Antidepressivum, allerdings wirkt es psychomotorisch-dämpfend, eher sedierend. Und drei Fläschchen Xanax rollten mir zu guter Letzt noch entgegen, ein Tranquilizer, angstlösend. Unfähig mich zu rühren, besah ich mir den Haufen Medikamente, überschlug und kam auf die erschreckende Menge von über siebenhundert Tabletten, die sich vor meinen Beinen befanden.

Ich hörte, wie Sam eintrat.

»Sag mal, schläfst du? Wo bleibst du denn?« Sams Lachen verstummte, als er mich auf dem Boden sitzen sah. Sein Blick glitt zum Spiegelschrank und dann wieder zu mir hinunter. »Was ist denn? Du schaust so.«

Er hatte meinen Fund noch nicht entdeckt. »Wie schaue ich denn?«, entgegnete ich.

Entsetzten zog über sein Gesicht, als ich ihm den Blick auf die Tabletten freigab. »Ich weiß nicht, so …«, setzte er leise an, hockte sich mit zusammengepressten Lippen vor mich und verstummte.

»Tut mir leid, dass ich gerade kein Gesicht für diese Situation habe, Sam, aber sie ist auch für mich neu.«

»Ich kann dir das erklären«, versicherte er flehend.

Im ersten Moment hätte ich laut auflachen können. Ich kam mir vor wie in einem drittklassigen B-Movie.

KAPITEL 24

Samuel

»Du bist aber auch selten dämlich!« Brian schüttelte genervt den Kopf, während er uns Cola einschenkte. »Wieso hattest du sie denn noch? Ich dachte, du hättest sie längst entsorgt.«

»Das wollte ich doch auch. Ich hatte sie vergessen, bis Jasper sie fand, ehrlich.« Alles, was ich versuchte zu erklären, hörte sich in meinen Ohren falsch an. Wie an dem Abend mit Jasper. »Ich hatte tatsächlich nicht mehr an die Tabletten gedacht. Die meisten Packungen waren schon abgelaufen und ich war zu faul, um die anderen zurückzubringen. Ich kann sie ja wohl schlecht in der Toilette hinunterspülen, oder?«

»Vor mir musst du dich nicht rechtfertigen, Sam. Viel wichtiger ist doch, was Jasper dazu gesagt hat.«

»Erst einmal nichts.«

»Wie nichts?«

»Nichts! Er starrte mich nur ausdruckslos an«, erklärte ich, während ich in den Garten sah.

»Wohl auch zu Recht, oder?«

»Mmh …«

»Verdammt, Sam, jetzt lass dir nicht alles aus der Nase ziehen. Ohne Grund wirst du hier nicht sitzen, mitten am Nachmittag.« Brian lehnte sich weiter zu mir. »Wir haben noch eine Stunde, dann muss ich für ein Mandantengespräch in die Kanzlei fahren. Also fang an!«

Seufzend wand ich mich auf meinem Stuhl. »Ich grübele«, begann ich leise. »Wieder einmal beginne ich alles zu hinterfragen. Mich, meine Situation, die letzten Jahre sowieso, aber auch die geplante Operation, die mir so wichtig schien. Jetzt auch noch Jasper. Das überfordert mich, verstehst du?«

»Klar, im Moment stürzt alles auf dich ein.«

»Ich weiß nicht mehr, was richtig und was falsch ist.« Seufzend strich ich mir durch die Haare.

»Hey, dich treibt doch niemand, nur du dich selbst. Hol Luft und nimm dir Zeit. Außerdem …«

»Wir haben gestritten«, unterbrach ich ihn.

Brian verkniff sich ein Lachen. »Oh Sam«, begann er. »Du hörst dich an wie ein Kind, dem man sein Lieblingsspielzeug weggenommen hat.«

Genervt schloss ich die Augen. »Wir haben uns danach ausgesprochen, wirklich. Er dachte, ich würde die Medikamente horten, für was auch immer. Ich konnte ihn überzeugen, dass dem nicht so ist. Er hat die Tabletten zum Entsorgen mit in die Klinik genommen. Aber darum geht es gar nicht. Weißt du, sich zu streiten ist mir nicht fremd, aber sich mit Jasper zu streiten, war …«

»Verletzender?«

»Irgendwie schon, ja.«

»Berührender?«

»Auch.«

»Es geht tiefer?«

»Ja«, gab ich leise zu.

»Weiß er es?«

»Ich denke, ja.«

»Du denkst?«

»Verdammt, Brian! Ich habe es ihm nicht direkt gesagt, aber ja, ich bin mir sicher, er weiß es.«

»Es zu wissen oder es gesagt zu bekommen ist ein riesengroßer Unterschied! Ich möchte es nicht jeden Tag hören und auch nicht jede Woche, denn dann wäre es nichts Besonderes mehr, aber für diese drei Worte lebe ich. Wenn Lucy sie zu mir sagt, schwebe ich. Darum geht es doch: zu lieben und geliebt zu werden.«

»Ich weiß«, nuschelte ich.

»Nein, ich glaube, du weißt es eben nicht!«, sagte er und knallte sein Glas auf den Tisch. »Hat er es zu dir gesagt?«

Diese Frage hatte ich befürchtet.

»Er wollte es, aber ich habe ihn daran gehindert«, gab ich kleinlaut zu.

Brian schüttelte wieder den Kopf. »Herrgott, Samuel! Warum lässt du immer alles Schöne an dir abprallen?«

Weil ich das Gefühl habe, es nicht zu verdienen, hätte ich am liebsten geantwortet.

»Er fliegt in zwei Tagen nach Deutschland zurück! Möchtest du ihn wiedersehen? Soll er zurückkommen?«

Ich nickte vorsichtig.

»Warum sollte er das tun, wenn du deinen Mund nicht aufmachst? Hast du dir diese Frage schon einmal gestellt?«

Hatte ich, natürlich. Und wie immer nagten Selbstzweifel an mir und bohrten sich in mein Herz.

Was kann ich ihm schon bieten? Ich war ein Mann, der sich körperlich nicht als Mann fühlte. Jemand, der mit seinem Leben kämpfte, der immer wieder in depressive Phasen abrutschte, der permanent zweifelte, sich innerlich wand.

Warum sollte ein Mann wie Jasper sein Leben in Deutschland für mich aufgeben?

»Gott, Sam, du siehst es nicht, oder?«

»Doch, ich …«

»Denkst du auch nur einmal richtig über euch nach?«, fragte er. »Warum hat er als Kind sein Training immer wieder sausen lassen, um mit dir durch die Felder zu fahren, wenn du wieder den inneren Drang hattest, alles zu zertrümmern? Warum lag er nächtelang mit dir in eurem Baumhaus, um dich zu trösten, obwohl du selbst nicht wusstest, was dich traurig sein ließ? Warum brachte er dich zum Lachen, wenn du niedergeschlagen und betrübt warst? Warum verbrachte er sieben Jahre hintereinander seine Sommerferien hier mit dir? Na, kommst du drauf oder brauchst du noch ein paar Beispiele?« Herausfordernd sah er mich an. »Glaubst du wirklich, er ist die letzten zwölf Jahre mit mir in Kontakt geblieben, weil es ihm um mich ging? Wenn du das tatsächlich glaubst, Sam, dann hast du nichts verstanden. Nichts!«

»Ich weiß einfach nicht, was ich machen soll!« Verzweifelt versuchte ich mich zu erklären. Brian hatte Recht – mit allem. Aber die Situation mit Jasper überforderte mich. Es ging zu schnell, zu plötzlich, war zu intensiv, kam zu unerwartet, es überrollte mich. Außerdem saß uns die Zeit im Nacken.

»Lass es zu!«, sagte Brian und sah mich beschwörend an. »Bitte, lass einmal das Gute zu. Nur dieses eine Mal. Und sieh, wohin es euch führt.«

KAPITEL 25

Samuel

Vorsichtig und behutsam strich ich mit meinen Fingerspitzen über Jaspers warmen Rücken, malte liebevoll Muster darauf, fuhr zärtlich über seine Haut.

Purer Genuss.

Schon geraume Zeit beobachtete ich ihn, unfähig meine Augen zu schließen. Entspannt lag er neben mir auf dem Bauch. Sein Atem streifte hauchzart über mein Gesicht, er schlief tief und fest. Ich konnte es nicht, war viel zu aufgewühlt nach der Nacht, die wir miteinander verbracht hatten. Es war unsere Letzte. In ein paar Stunden würde Jasper mich verlassen. Er musste es, kein Weg führte daran vorbei. Dennoch hätte ich mich am liebsten an ihm festgeklammert, um ihn aufzuhalten. Ich wollte ihn nicht gehen lassen.

Nicht schon wieder.

Langsam drehte ich mich auf den Rücken, verschränkte meine Hände hinter dem Kopf und ließ den Blick durch sein Zimmer schweifen. Es wurde nur durch den schwachen Schein der kleinen Lampe auf dem Furnierholztischchen neben mir beleuchtet. Ein gepackter Koffer stand geschlossen neben der Tür, ein zweiter lag geöffnet und vollgepackt auf dem kleinen Sofa, auf dem wir oft zusammengesessen hatten – redend, kuschelnd. Wenn ich jetzt daran zurückdachte, überkam mich ein Hauch von Melancholie, aber vor allem das Gefühl von Dankbarkeit. Für Jasper spielte meine selbst empfundene Unfertigkeit keine Rolle. Das zu erleben war unfassbar befreiend und ließ mich immer häufiger an den bevorstehenden OP-Termin denken. Trotz allem war ich mir sicher den Aufbau zu brauchen – für mich. Das Gefühl, geliebt zu werden, war wunderbar und mit nichts zu vergleichen. Das Wissen darum war allumfassend. Dennoch veränderte es mein Selbstbild nicht. Durfte es vielleicht auch gar nicht. Es ging ja nicht um die Liebe eines anderen Mannes zu mir, sondern ganz allein um mich.

Ich wollte mich lieben und das würde ich nur durch diesen Eingriff können. Oder?

Seufzend rieb ich meine brennenden Augen. Müde war ich, aber ein Blick auf mein Handy zeigte, wir würden gleich aufstehen müssen. Ein letztes Mal zusammen duschen, das hatte ich mir von ihm gewünscht und ein wissendes Lächeln erhalten, als ich ihn gestern Abend darum bat. Mit Jasper zusammen unter einem warmen Wasserstrahl zu stehen, ließ es zu einem neuen, unerwartet sinnlichen Erlebnis werden. Nie hätte ich erwartet schaumige, liebkosende, tastende und vor allem findende Hände an meinem Körper herbeizusehnen.

Um mir noch einen letzten Moment mit ihm zu gönnen, beugte ich mich über ihn und schaltete seinen Handywecker aus. Mein Blick fiel dabei auf den Fußboden. Neben dem Bett lagen die von mir weggeworfene Tube Gleitgel und Jaspers neuer Dildo, den ich heute Nacht abgeschnallt und aus meiner Hand hatte fallen lassen. Ihn damit nehmen zu dürfen, war für mich eine erhebende und völlig neue Erfahrung gewesen. Jasper hatte sich mir hingegeben, mir! Mit einer mitreißenden Leidenschaft. Überrascht hatte sie mich nicht, denn alles, was er tat, tat er ganz und gar. Arbeiten, leben und lieben – bedingungslos.

Darum beneidete ich ihn.

Leise ließ ich mich wieder neben ihm nieder, betrachtete sein schönes Gesicht mit dem kleinen, silbernen Ring, der wieder in seiner Augenbraue steckte, und merkte, wie mein Herz aufgeregt klopfte.

Ich liebte ihn. – Es war ganz einfach.

Laut ausgesprochen hatte ich es noch nie.

Vorsichtig rutschte ich näher zu ihm, ganz nah.

»Ich liebe dich«, flüsterte ich und staunte, wie leicht mir diese Worte über die Lippen kamen.

KAPITEL 26

Jasper

Mit ausholenden Schritten lotste mich Sam durch das überfüllte Terminal. Mit je einem Koffer an unserer Seite versuchten wir den Menschenmassen zu trotzen, um zügig zum Schalter von Singapur Airlines zu gelangen. Den Überblick hatte ich schon längst verloren. Sam wusste, wo der Schalter war, und ich heftete mich nervös an seine Fersen.

Wir waren zu spät dran. Ich hasste das.

Sam schien es nicht im mindesten zu stören, ebenso wenig wie das saftige Bußgeld, das ihn erwarten würde, wenn er zurück zu seinem Wagen kam. Er hatte rotzfrech auf einem Kurzzeitparkplatz vor dem Terminaleingang geparkt.

Je näher wir den Check-in-Schaltern kamen, desto leerer wurde es um uns herum. Ein schlechtes Zeichen. Ich warf einen Blick auf die große Anzeigentafel. Mein Flug ging in knapp fünfundsiebzig Minuten, mein Abfluggate wurde schon angezeigt. Eigentlich kein Problem. Aber in den USA werden alle Passagiere, die das Land verlassen wollen, durch denselben Sicherheitsbereich geschleust. Lange Warteschlangen vor den Scannern für Mensch und Handgepäck waren Standard, ebenso unfreundliche Mitarbeiter des Sicherheitsdienstes, die sich wahllos Passagiere herauspickten und in eine Kabine bugsierten, damit sie sich bis auf die Unterwäsche auszogen. Die US-amerikanische Security mit ihren Bediensteten war gnadenlos.

Als ich die Leuchtschrift meiner Airline über den Schaltern erblickte, machte sich Erleichterung in mir breit. Tief holte ich Luft, reihte mich in die Schlange des rechten Schalters ein und bugsierte meinen Koffer vor mich.

»Sam, hast du Lust, uns noch einen Kaffee zu organisieren, während ich einchecke?«, fragte ich und nahm meinen anderen Koffer von ihm in Empfang.

»Ungerne, das weißt du. Aber wir sind zu spät, also bin ich ihn dir wohl schuldig.«

Lachend schüttelte ich den Kopf. Daran wollte ich jetzt nun wirklich nicht denken. Ich fischte den Pass aus meinem Portmonee und drückte es Sam in die Hand. »Hier, versuch so viel Kleingeld loszuwerden, wie du kannst. Wir treffen uns dort.« Ich zeigte auf einen kleinen italienischen Kaffeestand hinter ihm in der Hoffnung, ihn damit besänftigen zu können. Alles war für ihn besser als amerikanischer Kaffee.

Grummelnd machte er sich auf den Weg. Sein Widerwille war ihm anzusehen. Ich ging schmunzelnd ein paar Schritte nach vorn, um meine Flugunterlagen auf dem Pult abzulegen. Die Mitarbeiterin drängte mich zur Eile, während ich meine Koffer nacheinander auf die Waage wuchtete. Zum Glück musste ich keinen Zuschlag für Übergewicht zahlen. Daran hatte ich überhaupt nicht gedacht, als ich mein Geld Sam mitgegeben hatte.

Ich nahm meine Boardingkarte entgegen und machte ich mich auf den Weg. Im Gehen verstaute ich die Unterlagen im Handgepäck und hielt Ausschau nach Sam. Ich entdeckte ich ihn an einem kleinen Tischchen. Die verhassten Pappbecher standen vor ihm. Blass sah er aus, als ich mich zu ihm setzte. Die Zeit wurde immer knapper, aber die Zugangsschleusen des Sicherheitsbereiches lagen nur wenige Meter entfernt. Ein paar Minuten konnte ich erübrigen, bevor wir uns verabschieden mussten.

Ich verabscheute Abschiede. Dieser würde mir besonders schwerfallen, denn es stand noch nicht fest, wann wir uns wiedersehen würden. New York würde es sein, sobald ich meinen Dienstplan kannte und für uns beide ein freies Wochenende abzusehen war. Optimal war das sicher nicht, aber dieser Treffpunkt war der beste, den wir finden konnten. Sechs Stunden Flug für ihn, neun für mich. Ein Horrortrip für zwei Nächte und eineinhalb Tage, wenn ich nur an den Jetlag dachte, von den Kosten gar nicht zu reden, aber das war es mir wert.

»Danke«, murmelte ich, griff mir den Becher und trank sehnsüchtig meinen ersten Schluck. Aus den Augenwinkeln sah ich, wie mir Sam mein Portmonee langsam über den Tisch schob.

»Dein Geld«, sagte er, streckte seine Hand noch weiter zu mir und öffnete sie. »Ich hätte nie damit gerechnet, dass du es tatsächlich bei dir trägst.«

Auf seiner Handfläche lag mein Glücksbringer: das kleine, silberne S.

»Das habe ich immer, Sam.«

»Immer?«, fragte er mit rauer Stimme, hielt es hoch und schaute mich an.

»Natürlich! In jedem Portmonee, das ich seitdem hatte. Du warst die letzten zwanzig Jahre immer bei mir.«

Stumm griff er nach meiner Hand, zog sie an seinen Mund und küsste meine Handfläche, bevor er den Anhänger vorsichtig hineinlegte und meine Finger darum schloss. Die Geste ließ mein Herz stolpern. Sam gab sich in der Öffentlichkeit selten zärtlich oder gar sentimental. Jetzt schienen ihn die Blicke der anderen Reisenden nicht zu stören, als er meine Hand umfasst hielt und uns von den Stühlen zog. Schnell griff ich Geld und Becher, bevor wir uns auf den Weg zum Sicherheitsbereich machten – eng umschlungen.

Eine letzte Umarmung. Innig, verzweifelt, zittrig Luft holend. Wir wollten uns nicht voneinander lösen, doch wir mussten, die Zeit drängte. Ich schlang meine Arme um seinen Nacken, strich noch einmal zärtlich mit meinen Fingern durch sein Haar und wühlte darin herum, während Sam seine Hände an meine Wangen schmiegte. Seine Augen glänzten verräterisch, als er sich zu mir beugte, meine Lippen fand und mich innig küsste – ein letztes Mal.

All meine Gefühle legte ich in diesen Kuss. Meine tiefe Liebe zu ihm, mein Vertrauen in uns, meine Zuversicht und meine Hoffnung für ihn. Wir würden es schaffen. Diese Überzeugung versuchte ich ihm mitzugeben – ein letztes Mal.

Langsam löste ich mich von seinen Lippen und blinzelte, denn Herzschmerz begann mich zu überfluten. Verzweifelt schluckte ich, als wir unsere Hände von unseren Körpern lösten. Ich trat zögernd einen Schritt zurück, näher zu den Sicherheitsschleusen, und sah im tief in die Augen, während wir uns an den Händen hielten.

»Ich liebe dich auch.« Glücklich, es endlich aussprechen zu dürfen, lächelte ich ihm liebevoll zu und freute mich, als ich sah, wie die Erkenntnis sich auf seinem Gesicht ausbreitete.

Behutsam löste ich meine Finger aus seinem warmen Griff, schnappte mir mein Handgepäck und wandte mich ab, um in den Sicherheitsbereich zu treten. Bevor ich hinter der Trennscheibe aus Milchglas verschwand, sah ich mich noch einmal um, suchte Sams Blick, winkte und lächelte ihm zu – ein letztes Mal.

EPILOG

Jasper

Im Schneidersitz saß ich auf dem Fußboden und kontrollierte die wichtigsten Unterlagen, die ich bei mir tragen wollte, wenn ich endgültig in die USA umsiedelte. Meine Möbel und das Gros meiner Kleidung befanden sich in einem Container, der vor zwei Wochen mit einem Frachter auf die Reise gegangen war. Die wenigen Sachen, die ich noch hatte, würden in zwei Koffer passen.

Sehnsucht packte mich. Es wurde Zeit.

Meine Prüfung zum Facharzt hatte ich vor drei Tagen abgelegt. Danach war ich mit meinen Eltern und meinen engsten Freunden ausgegangen. In einer langen Kneipennacht hatte ich mich von ihnen verabschiedet. Jetzt hielt mich nichts mehr hier.

»Wann geht dein Flieger?«, fragte Lena. Kurz sah sie zu mir, bevor sie wieder in ihrer offenen Umzugskiste wühlte. Lena würde unsere ehemalige Wohnung übernehmen – ein Glücksfall für uns beide.

»Morgen um 10:35 Uhr«, antwortete ich in Gedanken. Gerade waren mir meine alten Schulzeugnisse wieder in die Hände gefallen. »3. Klasse: Textil – ungenügend«, stand da und brachte mich zum Lachen. Ich erinnerte mich an Frau Stolze, die an mir verzweifelt war, weil ich es nicht fertiggebracht hatte, mit einer Sticknadel saubere Stiche zu setzen. *Vielleicht sollte ich ihr mal schreiben, was aus mir geworden ist*, überlegte ich grinsend.

Lena rutsche näher an mich heran. »Wie oft hast du Samuel in New York getroffen?«

»Fünf Mal.«

»Das ist nicht viel in einem Jahr«, stellte sie leise fest, während sie sich vor mich setzte.

Da gab ich ihr Recht. Aber jede andere Anzahl wäre auch zu wenig gewesen, um das letzte Jahr zu überstehen. Alle zwei Monate hatten wir uns gesehen. Mit meinen vielen Wochenenddiensten, den hohen Flugticketpreisen und meiner langwierigen Prüfungsvorbereitung war es einem Kraftakt gleichgekommen. Sollte ich gezwungen sein die Stadt genauer zu beschreiben, müsste ich passen, denn viel hatte ich von ihr nicht gesehen. Viel wichtiger war es, die wenigen Stunden, die wir miteinander hatten, zu genießen. Eben dies hatten wir getan und sie waren immer wieder neu und immer wieder aufregend gewesen.

Nun freute ich mich darauf, endlich den Alltag mit Sam erleben zu dürfen.

»Weißt du, Jasper, ich habe immer geahnt, du würdest irgendwann wieder mit einem Mann zusammen sein.«

»Lena, bitte nicht«, seufzte ich.

»Aber warum? Es stimmt doch!«

»Ich kann dir noch nicht einmal sagen, ob ich tatsächlich nach Kalifornien gegangen wäre, wenn du mich nicht verlassen hättest.«

»Wirklich?«

»Ja, wir wollten heiraten, weißt du noch?« Herausfordernd sah ich sie an.

»Wie ist eigentlich Samuels OP verlaufen?«, fragte sie statt einer Antwort. Sie hatte es sich nicht verziehen, damals gegangen zu sein.

»Woher weißt du davon?« Überrascht setzte ich mich auf.

»Ich war doch oft genug dabei, wenn du dich mit Brian über Skype unterhalten hast. Da habe ich es gehört. Irgendwann im Herbst letzten Jahres, richtig?«

Ich versuchte ein ausdrucksloses Gesicht zu machen, als sie weiterbohrte: »Er hat sic doch machen lassen, oder?«

»Das geht dich nichts an!«, sagte ich und beobachtete, wie sie ihre Augen aufriss.

Was glaubt sie eigentlich? Diese Zeiten waren vorbei.

Ex bedeutet Ex.

»Aber …«

»Ich glaube, du hast mich nie verstanden.« Ich sah, wie sie sich unsicher durchs Haar strich. Ein treffendes Zitat aus ›The Sixth Sense‹ fiel mir ein.

»Wie meinst du das?«

»Als wir uns kennenlernten, habe ich es dir schon erklärt: Ich verliebe mich nie in bestimmte Genitalien, sondern immer in die Menschen, Lena!«

Samuel

Verstohlen riskierte ich zum wiederholten Mal einen Blick auf meine Uhr und seufzte innerlich auf, weil die Zeit einfach nicht verging. Drei Stunden noch, dann würde ich in der Ankunftshalle am Flughafen stehen, angelehnt an einen Pfeiler wie vor dreizehn Jahren, und Jasper in Empfang nehmen – diesmal für immer. Das letzte Jahr war das schönste und gleichzeitig nervenaufreibendste meines Lebens gewesen. Endlich war es vorbei.

Ich konnte es noch immer nicht glauben.

Nie wieder, schwor ich mir, würde ich so lange von Jasper getrennt sein. Die vielen Wochen zwischen unseren Treffen waren die Hölle gewesen. Und auch New York. Diese verdammte Stadt sprach mich einfach nicht an.

Leises Gemurmel brachte mich in den Klassenraum zurück. Wie schon so oft in den letzten Jahren hatte ich meine Lebensgeschichte erzählt und wartete nun auf Fragen. Die Schüler aus dem Kurs des neunten Jahrgangs saßen mit mir in einem Kreis. Tom Davies, ihr Lehrer, hockte auf einer Fensterbank. Das tat er immer und ganz bewusst, um sich aus der Diskussion herauszuhalten, die entstehen würde, sobald die Jugendlichen ihre Scheu abgelegt hatten. Auffordernd sah ich in die Runde und war mir schnell sicher, wer *die Frage* stellen würde. Es war immer der gleiche Typus Schüler. Der selbsternannte und von allen akzeptierte Alpha des Kurses, wenn nicht sogar des gesamten Jahrgangs. Calvin, so hieß er laut Schildchen an seinem T-Shirt, saß mir schräg gegenüber. Er hätte auch Ken heißen können, überlegte ich und musste mir ein gehässiges Feixen verkneifen. Es hatte sich in den letzten fünfzehn Jahren nichts geändert.

Unter den Kens und Calvins der Highschool hatte ich nie leiden müssen. Sie waren eher harmlos und mehr mit sich selbst und ihrem Starstatus beschäftigt als damit, sich um die Außenseiter zu kümmern. Breitbeinig, mit verschränkten Armen saß er zurückgelehnt auf seinem Stuhl. An seiner Haltung schrie alles nach Abwehr und Desinteresse, trotzdem hatte er mir ebenso aufmerksam zugehört wie alle anderen. Er war Sportler, ganz sicher; das waren sie immer. Bei Calvin mit seinem breiten, muskulösen Brustkorb tippte ich auf den umjubelten Star der Schwimm-Mannschaft oder den Wide Receiver des Footballteams. Mindestens. Wenn nicht sogar den von allen vergötterten Quarterback.

»Wie konntest du dir sicher sein ein Mann zu sein? Du warst noch so jung.« Die Frage kam von Violet, einem schüchtern wirkenden Mädchen rechts neben mir. Ich nickte ihr freundlich zu.

»Wenn du dich in einem Spiegel betrachtest, bist du zufrieden mit dem, was du siehst?« Die ersten leisen Lacher ertönten und ich schaute mahnend in die Runde. Violet war keine Schönheit, obwohl selbige natürlich im Blick des Betrachters liegt, aber hässlich war sie ganz sicher nicht.

»Vielleicht solltet ihr mal zuhören, anstatt euch über unwichtige Äußerlichkeiten lustig zu machen«, sagte ich angefressener als nötig. »Denn genau darum geht es hier!«

»Na ja, eigentlich schon«, meinte sie scheu lächelnd.

»Das ist gut. Denn das, was du in deinem Spiegel siehst, bist du. Richtig?«

Zögernd nickte sie.

»Wenn ich vor einem Spiegel stand, sah ich nie mich. Ich sah das Mädchen, das ich nie war. Wenn ich meine Augen schloss, sah ich immer einen Jungen.«

Kaum hatte ich mit meiner Erklärung geendet, sah ich, wie sich Calvin aufrechter hinsetzte. Er würde seine Frage stellen. Kurz blickte ich zu Tom in seiner Fensternische, der mir lächelnd entgegensah. Ihm war es auch aufgefallen. Seit Jahren führten wir diese Gesprächsrunden in der Hoffnung, bei den Schülern Verständnis für Menschen wie mich wecken zu können.

»Äh …«, begann Calvin und wand sich auf seinem Stuhl. Auch ihn sah ich aufmunternd an.

»Du kannst deine Frage offen stellen, es gibt keine Tabus.« Ich wollte die Frage hören, wie auch immer er sie formulieren würde. Nach langer Zeit war ich endlich wieder in der Lage, selbstbewusst darauf zu antworten, ohne mich zu verstellen.

»Sie sagen, Sie sind immer schon ein Mann gewesen. Dann haben sie die letzte Operation doch auch machen lassen, richtig? Also … ich meine …«

Das peinliche Aufstöhnen in der Runde nahm ich schmunzelnd hin. Und da war sie wieder – diese eine Frage, die für die Öffentlichkeit noch immer von solch großer Bedeutung ist. Natürlich würde ich ehrlich antworten.

Das hatte ich immer getan.

ENDE

DANKSAGUNG

Mein allererster, riesengroßer Dank gilt Angela … für deine unermüdliche Leserei, deine durchgegrübelten Nächte – wenn ich nicht weiterwusste, deinen Enthusiasmus, deine Ideen, deine vielen WhatsApp Nachrichten, deine gefundenen Worte – wenn ich sie verzweifelt suchte. Für dein Lob, deine Anfeuerungsrufe, deine Kritik und deine Zuversicht, als ich nicht mehr schreiben konnte. Du, mein findendes Fehlergirl.

Der nächste Dank geht an Sonja … für deine Geduld, deine Begeisterung und dein immer offenes Ohr.

Herzlichen Dank Claudia und Nicole … für die Recherche während eurer Arbeitszeit. Ich wusste, auf euch kann ich mich verlassen – meine ›Pillenmädels‹.

Danke, Steffi … für dein Wissen und deine Zeit.

Danke, Monique … für deine nächtlichen Mails, deine Überzeugung, nur kurz kann gut sein, und deine wunderbar heilenden Hände.

Danke, Jana Walther … für deine Zeit und deinen wundervoll sensiblen und erhellenden Blick auf meine Geschichte.

Tausend Dank, Jobst … für deinen persönlichen Blickwinkel, der es mir erst ermöglichte weiterzuschreiben. Für deine Gedanken, die du mit mir teiltest, dein Vertrauen, deine Offenheit, deine weinende Kuh, unsere Missverständnisse und unsere hitzigen Diskussionen – die schriftlich doch nie funktionierten. Für deine Liebenswürdigkeit, deine fliegenden Herzen, deine wundervollen, bissigen und triezenden Kommentare. Für dein Lob, deine leckeren Essenspläne, dein teilweise verknotetes Hirn, unsere Massen an Mails und für deine Kritik – die ich so sehr brauchte. Für *Tullio*

– mit dem alles begann, für unsere nächtlichen PN, den kleinen Kerl mit der Margerite, deine abgeworfenen Bomben, das Fläzen auf einem roten Thonet, und … dass ich in dir meinen besten Freund finden durfte.

Der letzte große Dank geht an meinen Mann … du hast es wieder klaglos ertragen, eine Frau im Haus zu haben, die während des Schreibens in ihrer eigenen Welt und damit kaum ansprechbar war.

Eure Hanni

MAIN Verlag

Jobst Mahrenholz
Tullio

ISBN: 978-3-95949-386-4

„Und zum ersten Mal in meinem Leben stelle ich fest, dass ich wirklich dringend etwas wissen möchte. Dass es mir wichtig ist, mehr darüber zu erfahren. Aber ich frage nicht. Aus demselben Grund, aus dem ich nicht bereit bin, ihm zu antworten. Es ist zu persönlich.
Aber eines ist passiert: Ich bin ihm nah, plötzlich. So fühlt es sich zumindest an.“

»Mahrenholz verrät seine Helden an keiner Stelle. Er nimmt sie mit all ihren Schwächen und Stärken ernst und lässt zu, dass sich ihre Geschichte genau so erzählt, wie sie ist. Keine Schminke, kein Sicherheitsnetz und dennoch fühlt man sich während des Lesens geborgen und sicher genug, sein Herz zu verschenken.« S.B. Sasori, Autorin